RESSOURCES INHUMAINES

FRÉDÉRIC VIGUIER

RESSOURCES INHUMAINES

roman

ALBIN MICHEL

À Daphné et Juliette

Première partie

1

Elle est devenue chef du secteur textile, dans une grande surface commerciale, parce qu'elle le mérite.

Dans le jargon professionnel, on appelle « hypermarchés » des magasins qui proposent sur des surfaces de plus de cinq mille mètres carrés une offre en libre-service de produits alimentaires et non alimentaires.

L'hypermarché, dans lequel elle travaille, est situé stratégiquement en bordure d'une grande route touristique. Son enseigne est visible de loin. La nuit, elle éclaire de rouge le bitume, et le jour elle barre l'horizon comme un écran de cinéma qui n'aurait rien à montrer d'autre qu'un titre sans générique, sans humanité, sans personne malgré la foule.

L'organisation dans un hypermarché est très simple : il y a un directeur, qui parle essentiellement avec ses chefs de secteur et très peu avec les responsables de rayon. Et puis, il y a les chefs de secteur qui parlent avec leurs responsables de rayon, et très peu avec les employés du libre-service. Et puis, il y a les responsables de rayon qui parlent avec leurs employés du libre-service, et très peu avec les stagiaires. Et puis, il y a les employés du libre-service qui parlent avec les stagiaires, et les stagiaires qui parlent entre eux.

Elle a été recrutée, il y a vingt ans, comme stagiaire.

À l'époque, elle préparait un brevet de technicien supérieur (le fameux BTS). Selon la formule consacrée il lui fallait « dégotter » un stage. La rapidité pour trouver l'entreprise, qui l'accueillerait lors de cette première expérience professionnelle, serait un indice à destination de ses formateurs pour juger le niveau de sa motivation et de son dynamisme.

Elle avait vingt-deux ans, et aucune passion.

Elle n'avait pas de regrets, pas d'amertume, aucun enthousiasme, peu d'envies et rarement de grands éclats de sourire.

Elle attendait, elle n'exigeait rien du destin, elle laissait glisser les heures, elle ne participait pas, elle était là, peu influente, jamais déterminante, et sans rancune.

Elle avait peu de soutien, elle n'en cherchait pas, elle s'éloignait gentiment.

Elle était en dedans, flamme à couvert, isolée, comme décousue du monde, un lambeau de vie, qui pend, qui se laisse valdinguer, qui se laisse faire, qui attend.

Elle était en parallèle, attentive, mais pas impliquée.

Mais elle devait trouver un stage, elle avait un engagement, et c'était bien la première fois de son existence que l'on attendait quelque chose d'elle.

Même ses parents ne lui demandaient rien, ils semblaient se satisfaire de ce qu'elle était. Leur attention discrète n'avait pas éveillé chez elle le besoin de plaire, le goût de se surpasser. Pour se surpasser, il aurait fallu qu'elle connaisse sa vraie valeur, mais c'était une question sans réponse, ou plutôt, la question n'avait jamais existé, et c'était peut-être là son vrai malheur : qu'elle ne suscite pas de questionnement.

Si elle avait été ambitieuse, pour elle-même, elle aurait peut-être éprouvé le besoin de se mettre au monde, pour tout recommencer. Oublier l'ennui, qui ne l'ennuyait pas, et s'extirper de soi, s'expulser, comme un accouchement, sortir de ses propres entrailles, en finir avec cette torpeur qui gelait son âme, et faire naître de ces décombres une autre qu'elle, celle qu'elle était.

Mais elle n'était pas ambitieuse, elle s'admettait et continuait d'attendre, sans rien désirer. Sa chance, c'est qu'elle avait usé l'ennui.

Elle avait maintenant le temps de penser.

Elle s'était même posé la question de savoir si cela était normal, de n'avoir envie de rien. Elle s'inquiéta et lut quelques livres pour répondre à la question. Elle n'osa pas admettre qu'elle concentrait quelques caractéristiques communes aux dix mille personnes qui se suicidaient chaque année en France ; ses parents lui ayant déjà expliqué fortuitement que ce n'était pas une bonne chose de vouloir mourir, quand on avait eu la chance d'avoir été choisie plutôt qu'une autre pour vivre, elle avait décidé de mépriser ceux qui ne faisaient pas face à leur destin, quel qu'il soit.

Alors, elle se raccrocha à cette recherche de stage, comme un futur noyé repousse l'instant, en s'agrippant à un tronc d'arbre, non pas par goût de vivre mais par crainte des profondeurs.

Elle se sentait accaparée par cette idée, qui occupait ses pensées en permanence.

Elle avait vingt-deux ans, et des douleurs dans le ventre.

Depuis que cette recherche de stage occupait ses journées, la douleur semblait s'atténuer et, pour la première fois, elle a éprouvé un réel sentiment de tristesse : elle s'est imaginée seule, sans ce stage, pendant deux mois d'été.

Elle s'est imaginée, seule pendant deux mois d'été.

Elle s'est imaginée seule.

Elle s'est imaginée, et elle n'a rien vu, rien qui donne envie de rester seule une année de plus. Ce n'était pas la solitude qui lui créait des tourments, mais ce qu'elle renvoyait d'elle : l'image d'une personne étrange, qui ferait presque pitié, si elle était sympathique.

Ce sentiment de tristesse fugace la décida, elle fut convaincue qu'il fallait tenter de transformer son ennui en quelque chose de concret.

J'ai fait un rêve étrange.
J'ai rêvé que j'étais une poche.

Une poche plate et sans relief, parce que vide…
C'est étrange de se rêver en poche.
C'est un rêve qui me plaît.
J'ai pensé, une poche est utile si on la remplit…
Une poche ne sert qu'à ça : être remplie !
Mais alors, par quoi ? Et par qui ?

2

Elle a envoyé dix lettres aux dix enseignes d'hypermarchés les plus visibles, et qu'elle avait repérées lors d'un périple de reconnaissance dans sa vieille Renault 5. Elle a écrit une seule lettre de motivation, qu'elle a recopiée en dix exemplaires, en utilisant à chaque fois un stylo différent pour exprimer la vérité de sa motivation.

Elle avait donc le sens de l'efficacité.

Elle n'avait pas celui de la sincérité.

Dans ce courrier de candidature elle exprimait sa volonté, réelle et sans limites, de réaliser son stage d'immersion professionnelle, durant les mois de juillet et août, au sein du magasin dans lequel elle faisait ses courses régulièrement.

Elle leur disait que, lorsqu'elle déambulait dans les rayons, elle ne pouvait s'empêcher d'apprécier leurs techniques de merchandising efficaces qui lui faisaient dépenser de 10 à 30 % de plus que ce que pouvait réellement supporter son budget. Mais elle les rassurait, dans la phrase suivante, en les remerciant d'avoir inventé une carte de fidélité permettant de dépenser plus sans s'en rendre compte.

Elle mentait.

Elle n'accompagnait jamais ses parents quand ils faisaient leurs courses dans un hypermarché.

Elle ne faisait jamais les corvées quotidiennes.

Elle ne faisait jamais rien.

Elle mentait, mais c'était pour son bien.

Trouver un stage était devenu son objectif, et cela rassurait ses parents qu'elle s'intéresse enfin à quelque chose de concret, eux qui avaient plus de pragmatisme que de sensibilité.

C'est l'enseigne qui avait l'activité saisonnière la plus forte durant l'été qui accepta de lui faire signer sa première convention de stage. C'est peut-être cette même enseigne qui comprit, le plus vite, qu'une stagiaire payée la moitié du minimum syndical pouvait être un investissement intéressant à une période où les arrêts de travail pour migraine estivale étaient assez fréquents. C'est ce qu'elle s'est dit, car elle était incapable d'imaginer que l'on puisse être intéressé par elle, elle qui ne s'intéressait jamais aux autres.

La proximité de l'hypermarché avec le bord de mer expliquait que, durant ces deux mois, les touristes préféraient se retrouver tous ensemble au même endroit. Et leurs corps engoncés dans un bronzage exagéré, piétinant des allées encombrées avant d'être comprimés dans l'entonnoir des caisses, plutôt que de prendre le temps de chercher des magasins plus authentiques, à l'accueil plus chaleureux, mais évidemment aux prix proposés largement plus élevés que ceux d'une grande surface.

C'est ce que lui expliqua le chef du secteur textile, lors de l'entretien qui devait lui servir à se « vendre ».

Cet homme avait un regard étrange, un regard qu'elle avait déjà remarqué, chez certains chiens, quand ils s'éloignaient de leur maître en gardant leur secret. Le genre de regard qui mélangeait la soumission et la rancune. Le genre de chien qui aurait pu mordre la main de son maître par frustration. Le genre de frustration qui naît quand on reproche à l'autre ce que l'on est, et donc ce que l'on vit.

Ce premier entretien se déroula si bien que le chef du secteur textile lui proposa un contrat de travail de quinze jours, à l'occasion de la fête des Mères. Comme chaque année, à la même période, le magasin organisait une importante opération commerciale.

Le chef du secteur textile lui a dit : « Cela nous permettra de vous former avant votre stage d'été, et en plus vous serez payée. Cela vous permettra d'acheter un joli cadeau à votre mère… Car je suis sûr qu'elle doit être aussi gentille et aussi charmante que vous, non ? »

Elle lui a répondu que cela pouvait effectivement être une opportunité intéressante, parce que sa mère était effectivement très gentille; mais il y avait les cours à l'Institut, et elle ne savait pas s'il était possible de se faire exempter.

Le chef du secteur textile lui a répondu : «On vous fera un courrier. En général, ça se passe très bien. Tout le monde sait que la formation sur le terrain est plus efficace que tous les grands discours théoriques... Je vais vous faire imprimer un courrier type, vous le donnerez ou vous l'enverrez à qui vous voulez. Bon ! On va manger un morceau ?»

Elle a débuté dans l'hypermarché un lundi 18 mai, en qualité de «stagiaire secteur textile», et c'est cet homme, le chef du secteur textile, qui lui proposa dès le sixième jour de faire la tournée de la zone de chalandise, c'est-à-dire d'aller visiter les enseignes concurrentes. Le chef du secteur textile voulait évidemment connaître un peu mieux sa nouvelle stagiaire. Il n'allait pas être déçu.

Mais pour l'instant, elle faisait bonne figure, elle simulait l'émotion quand le chef du secteur textile la surprenait dans les rayons, ou bien lorsqu'il l'invitait à boire un café sorti d'une machine bruyante dans la salle de pause où se réunissaient tous les cadres de l'hypermarché.

Elle avait décidé de sourire un peu plus souvent et de

faire semblant de s'intéresser aux autres. Avant d'arriver à les apprécier vraiment, c'était déjà bien qu'ils y croient. Elle s'entraînait sur eux, elle testait sa capacité à aimer. Elle profitait de ce travail pour mieux se connaître… Ce qui lui arrivait était inespéré, elle voulait rentabiliser ces quinze jours de stage.

L'endroit n'était pas chaleureux, mais elle comprit très vite que la salle de pause était un lieu stratégique, le seul qui permettait de rencontrer tous les dirigeants du magasin en même temps. Ces hommes cravatés, à la posture rassurante, étaient souvent accompagnés d'une stagiaire méritante ou d'un responsable de rayon au potentiel prometteur ; des employés disponibles pour savourer un gobelet en plastique, débordant de café, avant de rejoindre la surface de vente et d'accomplir leurs tâches, répétitives et monotones, en espérant que ce moment partagé au contact du pouvoir contribuerait rapidement à transformer de belles promesses en missions plus valorisantes.

Il y avait bien quelques femmes, parmi les cadres du magasin, mais elles étaient plus discrètes et semblaient envisager les petites nouvelles comme de futures rivales, et les petits nouveaux comme de braves garçons inoffensifs.

Dans un des magasins, qu'elle a inspecté, avec le chef du secteur textile, lors de cette première visite des hypermarchés concurrents, qui devient souvent pour certains employés peu assidus une balade loin des responsables, l'homme a voulu qu'elle pose sa main dans la sienne : « Pour faire comme un vrai couple, pour ne pas se faire repérer par les patrons du magasin... C'est la guerre des prix, et comme dans toutes les guerres, il faut être plus rusé que l'adversaire... »

Elle a accepté de prendre la main du chef du secteur textile, puisque c'était stratégique, et elle a remarqué un tas imposant de nuisettes roses et bleues dans un bac promotionnel, près des caisses, avec un écriteau posé dessus.

– Tu as repéré quelque chose ? lui a demandé le chef du secteur textile.

– Non... Je croyais, mais finalement, rien d'intéressant.

– L'important, c'est d'avoir l'esprit de synthèse. Regarder partout, poser son regard sur les prix, les produits et les clients. Et ensuite, au calme, dans sa voiture ou au bureau, faire la synthèse. Tu m'as bien compris ? Si nous sommes là, tous les deux, main dans la main, c'est pour apprendre, pour que cela te serve de leçon... Tout ce que tu vois, aujourd'hui, pourra te servir demain...

– Comme vous dites... Ça pourra me servir.

Je n'ai plus qu'à attendre, comme avant, mais maintenant il y a ce stage, cette entreprise, ce magasin, ce travail, et cela change tout.

Je n'ai jamais éprouvé le besoin de me connaître, mais je suis curieuse de savoir jusqu'où je suis capable de me laisser entraîner.

Et pour cela, je vais m'intéresser aux autres, vraiment.

Faire le tri, choisir ceux qui pourraient me remplir, leur ouvrir le passage, les accueillir, les laisser faire, participer à faire de moi, non pas ce que je ne suis pas, mais ce que je pourrais être.

Je n'ai plus mal au ventre, je suis bien, l'espace est libre, la poche attend, il n'y a plus qu'à attendre. Je sais attendre, cela fait si longtemps que j'attends.

3

Elle a été affectée au rayon textile femme.

Elle a rejoint une équipe déjà composée de trois employées.

Il y a Nadine.

Elle est différente des autres, peut-être parce que c'est la plus âgée. C'est aussi celle qui travaille le plus, qui parle le moins, et qui sourit seulement aux chefs. Nadine s'est spécialisée dans les articles difficiles à plier. Le matin de son arrivée, c'est Nadine qui lui a expliqué sa technique de pliage en lui disant ceci : « Si je continue de travailler dans un hypermarché, c'est parce que mon mari est alcoolique. Tu penses bien que si j'avais le choix, à mon âge, j'ai cinquante-six ans, ça ne se voit peut-être pas, mais mon premier métier c'est couturière, comme que je te disais, si j'avais eu le choix, j'aurais continué de travailler pour des maisons de haute couture. Mais avec un mari alcoolique, on n'a pas la vie qu'on rêve, alors on travaille pour vivre, pas pour le plaisir… Tu connais *Yves Saint Laurent* ? C'est le parfum que je mets. Comme je ne peux pas me payer ses robes, je mets son parfum… Je le fais durer, ça fait des années que ça dure… »

Il y a Sandrine.

Une femme de quarante ans, très jolie, toujours bien coiffée, et qui sourit à tout le monde, en permanence, comme si elle faisait la grimace. « Tiens ! Du renfort. C'est sympa de venir nous aider. La fête des Mères approche, je te laisse imaginer le travail que l'on a. Pour moi, c'est une période particulière, parce que ma mère est morte il y a cinq ans, dans un accident de voiture. Alors forcément, les fêtes des Mères, c'est un rappel à l'ordre, un devoir de mémoire, un caillou posé sur ma route. Je te dis ça, mais finalement je le supporte assez bien, ce moment particulier. D'ailleurs, je suis mariée au responsable du rayon de l'équipement automobile, si c'est pas une preuve… »

Il y a Marilou.

Une toute jeune employée, à la grande chevelure rousse. Marilou a été embauchée l'an dernier, elle est restée parce qu'elle a acheté un petit studio à côté de l'hypermarché, dans une résidence pas très bien fréquentée :

«Je suis propriétaire, tu comprends ? Je regarde que le positif. Parce que quitte à payer un loyer, autant que ce soit un crédit, non ? Dès que j'aurai fini de payer mon emprunt, direction la Bretagne. Je ne vais quand même pas faire comme Nadine, travailler trente ans pour un hypermarché, c'est pas une vie, je ne sais pas comment elle fait. En Bretagne, j'ai mon amoureux, il m'attend, je le sais. Il est marin-pêcheur. Je le vois tous les quinze jours. Et encore. Ça dépend de la pêche. Quand il ne ramène pas son quota de sardines, il fait sa mauvaise tête, alors je préfère rester ici, dans mon studio. Je regarde des films et je réfléchis, histoire de me faire remarquer dans le magasin, pour évoluer, grandir et réussir ma vie. Je suis responsable du sous-rayon chaussettes et collants. Demain tu seras avec moi, pour que je te forme. Tu verras, à deux on s'éclatera. On parlera de nos vies, des musiques qu'on aime, de nos passions. Sauf si les chefs arrivent ! Parce que, si les chefs arrivent, il faudra avoir les mains pleines de chaussettes, tu entends bien ? Et les bras occupés, ils aiment ça, quand l'employé travaille... »

En tant que stagiaire, sa tâche était simple. Non pas parce qu'elle était simple stagiaire, mais parce que les tâches à effectuer dans un hypermarché sont toutes très simples. Elles se résument en fait à un seul principe : que les rayons ne soient jamais vides.

Dès le premier jour, sa responsable lui a exposé très

clairement la philosophie du rayon textile femme : « La nature a horreur du vide, un magasin c'est pareil. Alors tu me bourres les penderies, les broches et les tablettes, et si tu n'as rien à mettre, tu étales. Comme la mauvaise herbe, quand elle ne peut pas pousser, elle s'étale. Comme tu vois, le commerce, c'est pas compliqué, c'est naturel. Avec moi, tu vas vite comprendre ce qu'il faut faire pour se faire bien voir par la direction du magasin : il faut bourrer les rayons ! »

La femme qui vient de lui expliquer les finesses du métier s'appelle Gisèle.

C'est la responsable du rayon textile femme. Gisèle a débuté comme elle, il y a cinq ans, en tant que simple stagiaire. Gisèle a grimpé les échelons, elle s'est fait remarquer par son enthousiasme, sa passion du commerce, son sens de la hiérarchie, son talent pour exiger beaucoup de son équipe sans obligatoirement être gentille, et surtout pour cette faculté d'être toujours là au bon moment, c'est-à-dire dans le périmètre commercial des dirigeants du magasin.

Gisèle a plus de volonté que de réflexion à donner à son rayon, et pour l'instant cela semble suffisant.

Ma responsable s'appelle Gisèle.

Elle ne me ressemble pas. Elle n'a pas confiance dans l'autre. Elle n'a pas compris que c'est l'autre qui remplit la poche. Elle n'a pas compris qu'elle n'est rien sans l'autre.

Elle me l'a dit : « Méfie-toi des autres, ils chercheront à prendre ta place, si tu es chef… ou chercheront à t'humilier, si tu n'es rien, pour que tu restes à ta place. Dans les deux cas, méfie-toi des autres… »

Je n'allais pas lui expliquer qu'elle devrait plutôt se méfier d'elle-même. Elle ne me comprendrait pas, je ne suis qu'une stagiaire.

4

Elle arrivait le matin, à sept heures, une heure et demie avant l'ouverture des portes à la clientèle. Elle arrivait tôt, mais elle n'était pas la seule : il y avait les stagiaires, les employés du libre-service et les responsables des quatre rayons. Celui du textile pour hommes, celui du textile pour femmes, celui du textile pour enfants et celui de la chaussure.

Le responsable du rayon chaussures était un monsieur de quarante-cinq ans.

Il faisait tellement plus que son âge qu'elle avait pensé, en le voyant pour la première fois, qu'il devait avoir un goût prononcé pour les vies bâclées, du genre de celles que l'on assume, et que l'on ne cherche même plus à cacher.

Il avait le dos courbé, ne parlait jamais à personne (à part le « Bonjour, tu vas bien ? » réglementaire) et semblait charrier sur son tire-palettes bien plus que des cartons.

On l'informa très vite que l'homme était de l'ancienne

génération, qu'il faisait partie de l'équipe de l'ancien magasin, celui qui avait été racheté il y a cinq ans, et dont aucune méthode de travail n'avait été conservée. Cinq ans après ce rachat, ils étaient peu nombreux, ceux de l'ancienne équipe, qui avaient pu résister aux nouvelles méthodes de travail...

Le responsable du rayon chaussures semblait s'accrocher à son poste. On avait plutôt l'impression qu'il se laissait couler. Mais pour comprendre vraiment cet homme, pour ressentir ce qui pouvait affecter un responsable jugé, par sa hiérarchie, démodé et dépassé, il fallait une certaine expérience qu'elle n'avait pas. Elle préférait mobiliser son attention sur ceux qui pouvaient enrichir son expérience. Ne s'étant jamais apitoyée sur elle-même, elle n'avait aucune empathie à lui consacrer, ainsi qu'aux autres « dos voûtés » du magasin, comme elle avait entendu dire par un chef de secteur qui ne semblait pas envisager, pour sa colonne vertébrale, un sort similaire.

Tous les matins, les employés concernés se retrouvaient dans la réserve du magasin, dans la zone consacrée au secteur textile, pour trier les marchandises livrées chaque semaine par la centrale d'achats.

Une réserve, c'est une sorte de hangar, mal éclairé, dans lequel il fait très froid l'hiver, et très chaud l'été. C'est un espace pensé, ordonné et organisé pour le stockage de la marchandise, et non pas pour l'épanouissement de l'être humain.

Les couloirs de circulation et les emplacements sont identifiés par des panneaux beaucoup moins attrayants que ceux qui sont destinés, en magasin, à séduire le client. Parfois, des pages arrachées à des catalogues promotionnels, des classeurs au mécanisme fatigué, des trombones tordus par la nervosité, quelques feuilles zébrées d'annotations diverses et des feutres à la mine fatiguée sont oubliés sur un bureau maculé d'étiquettes codes-barres et de traces de doigts.

Les palettes de produits sont stockées à plus de quatre mètres de haut, et le maniement d'un « gerbeur » est obligatoire pour ramener au sol ce qui doit partir en magasin. Parfois, sur une pile de cartons, une boîte de gâteaux est posée. Il ne faut pas y toucher, c'est en fait un piège, un genre d'appât, pour prendre en flagrant délit un employé indélicat qui tenterait de grignoter entre les repas un biscuit qui appartient évidemment au magasin.

Les employées du rayon textile femme lui ont montré les caméras cachées sous les néons de la réserve en lui précisant :

– Ces andouilles de vigiles nous prennent vraiment pour des gamines. Ils déposent dans les réserves des sacs à main, des gâteaux, des jouets pour gosses, en espérant qu'un employé va craquer et emporter chez lui ce qui ne lui appartient pas. Mais c'est pour se donner bonne conscience, tout ça. C'est pour détourner l'attention.

Tout le monde sait que les vols les plus importants sont organisés par les vigiles eux-mêmes. Ils cachent dans les frigos qui sont livrés aux clients des postes de télévision ou des aspirateurs. Comme ce sont eux qui contrôlent les camions de livraison, imagine l'ampleur de la magouille…

– Mais enfin, je ne comprends pas : les employés de l'hypermarché sont soupçonnés de voler leur propre magasin ?

– Mais bien sûr. Le vol pratiqué par les employés coûte beaucoup plus cher que le vol pratiqué en magasin par les clients. Ils appellent ça la « démarque interne ». Régulièrement, il leur faut des exemples, à nos patrons. Et surprendre un employé, si possible modèle, en train de manger un biscuit, fait partie des objectifs assignés au service de sécurité. Alors, méfie-toi.

– De quoi ?

– Eh bien ! Que tu ne sois pas désignée pour être le prochain exemple.

– Tu me diras comment faire ?

– Rien du tout, c'est chacun pour soi ici. Le jour où tu deviens un exemple, personne ne te suit.

– C'est étonnant. Je pensais qu'un exemple, ça se suivait.

– Tu as changé de monde, ma belle. Méfie-toi, sois discrète, ne te fais pas remarquer, et tu ne seras jamais un exemple.

Le matin, les équipes des rayons du secteur textile se retrouvaient toutes au milieu des cartons. Chaque employé de chaque rayon s'extasiant devant la révélation des articles envoyés. Les marchandises étant sélectionnées par la centrale d'achats, il était logique d'exprimer un sentiment en découvrant les marques, les matières, les formes et les coloris choisis par des inconnus qui ne daignaient jamais justifier leur choix, sauf parfois dans quelques notes de service qui en fait éloignaient un peu plus les « bras » (des magasins) des « têtes » (des bureaux).

Les employés du secteur textile avaient ensuite une heure pour « bourrer » les rayons, selon l'expression consacrée. Il fallait qu'à huit heures trente les premiers clients, qui pénétreraient dans l'hypermarché, aient sous les yeux un magasin aux rayons pleins et balisés (c'est-à-dire aux prix incroyablement bas bien visibles).

Les chefs de chaque secteur du magasin faisaient leur ronde, quelques minutes avant l'ouverture des portes en assistant, satisfaits, au remplissage des gondoles.

Le chef du secteur textile était un homme qui avait connu tous les postes dans un hypermarché. Était-il jeune ? Était-il vieux ? Le temps s'était-il amusé à entasser quelques années de plus, sans rien dire, discrètement, sur cette dégaine fatiguée ? Ce qu'il y avait de sûr, c'est que l'homme avait à peine cinquante ans, et que le métier l'avait usé. Il lui restait quelques cheveux blancs et sa démarche était peu endurante. Il s'arrêtait souvent entre deux gondoles, pour reprendre son souffle. Il fumait, toutes les heures, une ou deux cigarettes en compagnie d'un collègue, ou bien seul, sur le quai de déchargement, pour que la fumée ne soit pas interceptée par les capteurs d'incendie. Il n'allait pas risquer, en plus de sa santé, de perdre son travail pour ne pas avoir respecté le règlement de sécurité. Son cardiologue lui avait conseillé de pratiquer un sport et de changer de métier. Il avait changé de cardiologue. Depuis, il prenait des pilules contre le cholestérol et des cachets pour faire baisser sa tension.

Le reste de la journée, elle veillait à ce que les articles du rayon textile femme soient bien rangés. Elle ramassait les chaussettes tombées, les culottes jetées, et elle vidait les cabines d'essayage. Elle avait entendu, un matin, une cliente du magasin répondre à sa petite fille qui voulait ranger dans le rayon les articles essayés par sa mère : « Ne ramasse pas, il y a des gens payés pour ça… » Elle n'avait pas trouvé cela méprisant, considérant cette remarque comme pertinente. Elle n'avait rien répondu, elle n'avait fait que sourire, et elle avait ramassé les culottes.

À dix-neuf heures, elle quittait l'hypermarché, et elle retrouvait sa Renault 5 sur le parking réservé aux employés du magasin. Elle était fatiguée mais heureuse.

Elle faisait enfin partie d'un monde. Celui de la grande distribution.

Ils sont tous comme Gisèle. Ils ont tous peur des autres.

Ils se croient surveillés, alors qu'ils sont regardés.

C'est dans le regard de l'autre que l'on grandit, que l'on se remplit, que l'on devient quelqu'un.

Se laisser regarder, cela permet de ne pas s'intéresser à soi, mais à ce que l'on représente.

5

Elle empilait les tee-shirts et les chemisiers pour dames de la nouvelle collection sur des tablettes quand le chef du secteur textile a remarqué ses compétences.

Ils en ont parlé autour d'une assiette de charcuterie, à la cantine de l'étage, qui est située entre la salle de pause et les toilettes réservées aux employés du magasin.

Pour accéder à la cantine, il faut monter un escalier réservé à ceux qui ont un badge, un badge contrôlé et validé par un vigile, qui interdit l'entrée à toute personne étrangère au monde de l'hypermarché. En haut de l'escalier, on peut apercevoir la coursive qui mène aux bureaux de la direction.

La cantine réservée aux salariés du magasin, et à certains visiteurs autorisés, est située à proximité des toilettes réservées aux employés et aux besoins pressants des visiteurs autorisés, au début de la coursive. Les visiteurs autorisés sont munis d'un badge de couleur rouge pour bien les différencier des salariés du magasin (dont le badge est de couleur verte).

Généralement, les chefs de secteur, quand ils déjeunent entre eux, ne fréquentent pas la cantine. Il n'y a que les responsables de rayon et leurs employés qui mangent à la cantine, parce que les conditions tarifaires sont intéressantes, même si ce que l'on propose n'est pas intéressant.

Quand un chef de secteur mange à la cantine, c'est qu'il accompagne un employé de son équipe, ou un visiteur autorisé, pour faire passer un message, pour entretenir une image : celui d'un cadre proche de ses équipes et qui n'a rien à cacher. Mais ce genre de moment est rare. Car les visiteurs autorisés sont souvent des fournisseurs qui invitent souvent les chefs de secteur dans la grande brasserie de la galerie marchande, pour faire passer un message : celui de ne pas les oublier lors des prochaines commandes, ou de penser à positionner leurs produits aux endroits stratégiques de l'hypermarché (c'est-à-dire aux endroits les plus visibles et les plus fréquentés).

Toutes ses collègues avaient bien vu qu'elle ne mangeait pas avec quelqu'un de son grade, et cela lui faisait drôle, à elle aussi, de côtoyer le monde des chefs, les seuls qui ont le droit de tutoyer ceux qui ont l'obligation de vouvoyer.

À la fin du repas, ses collègues du rayon textile femme lui ont demandé : « Et alors ? » Elle a haussé les épaules, comme si le fait de manger avec un chef de secteur de l'hypermarché était pour elle une habitude.

Nadine lui a dit : « Rendez-vous aux toilettes dans dix minutes, il faut que je te parle, c'est très important… »

Après avoir accroché (sur les fameuses têtes de gondole) les jupes qui figuraient à la page cinq du catalogue de la prochaine opération promotionnelle, elle est allée aux toilettes réservées aux employés du magasin, et qui se trouvent près de la salle de pause, un endroit calme, maintenu en vie grâce à la respiration artificielle des moteurs des machines à café, un endroit qui ne s'animerait que le lendemain, après l'ouverture des portes de l'hypermarché à la clientèle.

Elle est entrée dans les toilettes.

Nadine a enclenché le sèche-mains au moment de lui hurler discrètement :

– Tu n'as donc rien compris à ce que je t'ai dit !

– Je ne te comprends pas.

– Mais enfin ! Tu veux finir en exemple ?

– C'est-à-dire ?

– Mais enfin ! Je te dis d'être discrète, de te faire oublier, et le premier truc que tu trouves à faire, c'est de manger à la cantine avec notre chef de secteur.

– Pourquoi, c'est si mal vu ?

– Mais enfin !

– Tu n'as jamais mangé avec lui ?

– Mais enfin ! a répondu Nadine, d'un ton offusqué.

– Réponds-moi.

– Mais enfin, évidemment que je n'ai jamais mangé avec lui… Jamais de la vie. Tu ne te rends pas compte des conséquences ! Manger avec son chef de secteur, quand on est une employée… Tu ne te rends pas compte ?

– Tu n'as jamais mangé avec lui parce que tu n'as pas voulu, ou parce que tu n'as jamais eu cette chance ?

– Cette chance ! Cette chance ? Ah ! Quand je dirai ça aux collègues !

– Quand tu diras quoi ?

– Quand je dirai que… Quand je dirai… Quand je dirai que tu couches avec le chef ! Voilà ! Tu l'as bien cherché, maintenant laisse-moi aller travailler, j'ai des culottes à ranger, moi ! J'ai un mari alcoolique, moi… Je ne mange pas avec les chefs de secteur, moi ! Je sais rester à ma place, moi ! Je ne cherche pas à me faire remarquer, moi !

Le souffle rauque du sèche-mains s'est interrompu brusquement, Nadine aussi.

Les deux femmes se sont regardées, longuement, puis l'employée la plus âgée du rayon textile femme a quitté la pièce.

Restée seule, elle a replacé son badge, elle s'est recoiffée, et elle est sortie en s'éloignant tranquillement des bruits métalliques de la plomberie qui rechargeait les réservoirs. Avant de partir, elle avait tiré l'une des chasses d'eau, trouvant cela plus logique de quitter ce genre d'endroit accompagnée d'un bruit typique qui éloignait toute ambiguïté.

Le soir même, elle était dans la voiture du chef du secteur textile.

Il lui a présenté son sexe comme s'il s'agissait de l'offre de la semaine et qu'il attendait son avis sur son potentiel. Elle l'a imaginé en tête de gondole, avec cette affiche : *« Promotion en cours, il n'y en aura pas pour tout le monde ! »* bien accrochée au-dessus.

Elle a souri en pensant à ses collègues de travail.

Le chef du secteur textile lui a demandé pourquoi elle souriait.

Elle lui a répondu qu'elle n'avait pas connu beaucoup de garçons, avant lui, et encore moins de vrais hommes. Elle lui a dit qu'elle ne serait jamais montée dans la voiture d'un monsieur plus jeune que lui. Avec un jeune homme, et les gestes maladroits qui vont avec, et le manque de pratique, elle aurait eu l'impression d'assister à un apprentissage, le genre d'expérience qu'elle ne voulait pas vivre. Elle n'avait pas besoin de cette étape, elle voulait passer de la naissance à la reconnaissance, sans l'expérience. Son but n'était pas d'apprendre, mais de simuler le savoir. Elle n'avait pas l'ambition de progresser, elle voulait arriver. Elle n'avait pas le goût du travail bien fait, elle ne voulait que les lauriers. Elle ne cherchait pas à réussir rapidement, mais rapidement se mettre à l'abri. Elle ne guettait pas le pouvoir pour le conquérir, mais pour le respirer, parce qu'elle éprouvait le besoin d'être acceptée et non celui de dominer.

Le chef du secteur textile a répondu :

– Je ne comprends rien à ce que tu dis…

– Je voulais vous montrer l'intérieur de mon crâne. Je voulais vous montrer comme c'est difficile, quand je commence à penser à moi.

– Je te prenais plutôt pour une fille facile.

– Détrompez-vous, je suis très compliquée, mais que cela ne vous empêche pas de me caresser. J'aime bien sentir quand on m'aime mieux que moi.

Ils ont fait l'amour sur la banquette repliée électriquement de la grosse voiture du chef de secteur. Comme elle n'avait jamais éprouvé le besoin de s'intéresser aux hommes avec qui elle avait déjà fait l'amour, elle a pensé à des gestes, à des poses, qui lui semblaient correspondre à ce qu'un homme qui occupe une fonction importante dans un hypermarché peut attendre d'une femme occupant, elle aussi, une fonction importante dans un hypermarché. Elle a simulé l'arrogance, une certaine assurance, et la gestion de son plaisir, comme aurait pu le faire une femme plus âgée et habituée à faire l'amour avec un chef de secteur.

En fait, elle voulait proposer au chef du secteur textile une relation à la hauteur de son statut, en se fichant de son propre plaisir. Elle a pensé à celui de l'homme, elle a imaginé l'attitude qui l'exciterait et elle a pensé avoir eu raison, puisque l'homme lui a dit, dès qu'il eut fini de boucler sa ceinture : « Toi, tu as tout compris… »

Elle semblait en effet avoir tout compris. Compris que tout ce qui la fascinait se résumait à côtoyer le pouvoir, tout en admettant sereinement qu'elle n'en faisait pas partie.

Le lendemain, une collègue stagiaire qui travaillait au rayon de l'épicerie sucrée (il y a un autre rayon épicerie, mais salée), qui l'avait vue grimper dans la grosse voiture du chef du secteur textile, lui a demandé : « Et alors ? » Elle a haussé les épaules, comme si grimper dans les voitures des chefs de secteur était pour elle une habitude, et elle est allée installer sur les gondoles basses, situées près des caisses, la nouvelle collection de draps de plage sur lesquels figurait la représentation d'une mouette planant au-dessus d'un coquillage. Six coloris étaient proposés aux clients. Elle a mélangé les couleurs comme elle avait vu faire à la télévision, pendant le reportage sur un peintre connu.

Elle est allée voir le chef du service décoration. Il s'appelle Patrice, il a des cheveux argentés et un regard juvénile accentué par de petites lunettes rondes aux branches rouges. Il s'occupe du comité d'entreprise, et c'est à lui qu'il faut s'adresser pour bénéficier de places de cinéma à bon prix. Il est délégué du personnel et souvent absent.

C'était la première fois qu'elle le voyait, mais elle savait tout sur lui. Patrice lui a donné sa carte en lui disant : « Si tes chefs transforment ton contrat bidon de stagiaire en contrat à durée indéterminée, pense à te syndiquer… » Elle lui a répondu qu'elle ne pensait pas que son père accepterait qu'elle soit syndiquée (ce qui était faux puisqu'il y avait longtemps que son père ne lui donnait plus de conseils), et qu'il lui fallait une affiche pour mettre en avant la nouvelle collection de draps de plage.

Patrice lui a suggéré une idée originale, une idée qui aurait sûrement un succès fou auprès des clients du magasin. Une idée qui lui permettrait peut-être d'obtenir « … un bon contrat de travail, car l'important dans une grande entreprise, c'est de se faire remarquer par sa hiérarchie… » Elle lui a dit qu'elle ne maîtrisait pas encore les finesses du métier et qu'elle lui faisait confiance.

Quand le chef du secteur textile est passé devant la gondole recouverte entièrement par les six coloris de la collection de draps de plage et qu'il a lu : « *Pour finir dans de beaux draps, allongez-vous pour pas cher !* », il lui a conseillé de retirer l'affiche. Et puis l'homme lui a demandé :

– Quel est le bougre de saligaud qui a osé te faire cette publicité ?

– C'est Patrice, du service déco.

– Ça m'étonne pas. Ce type est intouchable. Il se permet tout. La direction ne peut rien faire contre lui. Il est protégé par son statut.

– Quel statut ?

– Il est représentant régional du plus gros syndicat des salariés de la grande distribution. Il connaît le code du travail sur le bout des ongles, qu'il n'a pas toujours propres, à force de gratter la merde.

– Il m'a proposé d'adhérer à son syndicat dès que j'aurai signé mon contrat.

– Et tu lui as dit quoi ? s'inquiéta le chef du secteur textile.

– Je lui ai répondu que ça m'étonnerait que je me syndique. D'abord parce que l'on ne m'avait pas encore promis de contrat de travail, et parce que ensuite je préférais travailler en bonne intelligence avec mes patrons, sans les considérer comme des adversaires.

– Je savais bien que tu étais faite pour travailler avec nous.

Le chef du secteur textile a souri, puis il lui a conseillé d'aller voir, dès le lendemain, après l'ouverture des portes du magasin, le responsable des ressources humaines qui allait sûrement lui proposer un poste plus valorisant que celui de stagiaire au rayon textile femme.

– Tu iras le voir de ma part, il est au courant. Je l'ai prévenu que dès que j'aurai la preuve définitive que tu es bien celle que je pense, il allait falloir tout mettre en œuvre pour ne pas perdre un élément de ta qualité, et prendre le risque que tu files à la concurrence.

– C'est gentil ce que vous me dites.

– Je serais très fâché de savoir que ce con de Plumeau, le chef du secteur textile de l'hypermarché d'en face, notre plus sérieux concurrent, puisse caresser ton petit cul à ma place.

Puis le chef du secteur textile a regardé à droite, puis il regardé à gauche, et il lui a tapé sur les fesses en lui disant : « À ce soir, et n'oublie pas, on compte sur toi... Toute la direction compte sur toi... »

Ce soir, chez moi, j'ai écarté les cuisses.

J'ai écarté les cuisses pour y contempler le passage.

Je sais que je ne porterai sur la vie, jamais plus, ce regard qui m'avait isolée d'un monde que je voulais, à présent, apprivoiser.

Je suis restée longtemps, sous la douche, en pensant aux caresses de l'homme, qui avait laissé sur mon corps quelques rougeurs, et entre les cuisses un liquide plus épais que l'eau qui me lavait.

Un liquide visqueux comme cette certitude nouvelle qui se collait à moi : je serais la femme qui se satisferait d'un regard entendu, d'une caresse rapide, d'un souffle bête sur la nuque, à la seule condition que l'on me fasse ressentir le plaisir d'être acceptée.

Être acceptée, non pas pour ce que l'on est, mais pour ce que l'on fait.

6

Quand elle est entrée dans le bureau du responsable des ressources humaines, elle a vu un portemanteau avec, accroché dessus, un drôle de chapeau bleu ; puis, derrière le bureau, la drôle de tête du responsable des ressources humaines avec, accroché au-dessus, un grand tableau sur lequel il y avait marqué : «*Le travail mène à tout, surtout au succès.*» Elle a pensé que celui qui avait réfléchi à cette phrase aurait pu ajouter : «*... et parfois dans la voiture de son chef...*»

Elle s'est assise, et l'homme responsable du recrutement, de la formation et du licenciement des six cent cinquante salariés de l'hypermarché l'a regardée longuement.

Le responsable des ressources humaines a une tête ronde et des cheveux autour très frisés. De dos, on pourrait le confondre avec une tête de loup, comme celle qu'utilise sa mère pour enlever les toiles d'araignées, et d'autres désagréments que l'on peut rencontrer chez elle.

Le responsable des ressources humaines a continué de la regarder, puis il a dit :

– On m'a fait un rapport très positif sur ton implication, ta motivation et ta volonté de t'intégrer rapidement au sein de notre hypermarché.

– Je ne pensais pas, moi-même, être aussi passionnée par le commerce en grand magasin.

– C'est un métier difficile.

– Justement, quand on est passionnée, c'est plus facile. Et puis la bonne ambiance instaurée par notre chef du secteur textile contribue à l'épanouissement de tous.

– Et de toutes !

– Il faut dire qu'au départ, je ne cherchais qu'un stage. Après ces quelques jours, j'espère finalement trouver un travail, avec un vrai contrat, dans un contexte épanouissant.

– Et valorisant !

– Tout cela me semble si évident... J'ai l'impression d'avoir toujours fait partie de votre magasin.

– Qui est maintenant aussi le tien !

– Je m'entends si bien avec les membres de l'équipe du secteur textile que j'ai l'impression de les avoir toujours connus.

– Eh bien nous aussi, si tu veux savoir, on a cette impression, celle que tu as toujours fait partie de notre équipe. Je parle évidemment au nom des cadres du magasin, parce que tu sais, les autres employés n'aiment pas trop ceux qui se font remarquer, ça leur renvoie une image d'eux peu valorisante. Mais bon, c'est la loi du meilleur qui prime si l'on veut apporter à nos clients ce qu'ils attendent de nous : le choix, le prix et le service.

– Je n'ose pas trop le dire, mais j'ai peut-être trouvé...

– Tu as trouvé quoi ?

À cet instant de la discussion, le responsable des ressources humaines semble perplexe. Il exprime sans le dire un bref sentiment de crainte, comme si le simple fait qu'un employé ait pu « trouver » quelque chose, dans le cadre rigide de l'hypermarché, pouvait signifier, aux yeux de la hiérarchie, que le responsable des ressources humaines aurait négligé un paramètre, un détail insignifiant, mais significatif quand on doit tout maîtriser, et donc parfois occulter, aux yeux de la hiérarchie...

Mais la jeune stagiaire du secteur textile le rassura très vite :

– Je pense avoir trouvé... ma vocation.

– Effectivement, je pense que si tu continues à être aussi attentive, enthousiaste et force de proposition, ton avenir au sein de notre grande et belle enseigne est tout tracé.

Elle a répondu qu'elle était très contente que l'on apprécie son travail, mais qu'elle était aujourd'hui un peu contrariée. « Je t'écoute... », lui a répondu le responsable des ressources humaines.

Elle s'est levée et elle s'est penchée vers l'homme pour lui indiquer la page 4 du catalogue promotionnel de la fête des Mères. Le responsable des ressources humaines a jeté un regard curieux sur la page qu'elle lui indiquait, il a regardé longuement, puis il s'est reculé en calant son dos dans le moelleux du dossier de son grand fauteuil de direction, et il lui a dit :

– Je ne vois rien d'embêtant dans ce catalogue. Les articles sont bien présentés, les mannequins agréables à regarder, les prix bien affichés et intéressants. Alors, sois gentille de m'en dire plus.

– Je n'ai reçu, de notre centrale d'achats, que vingt-neuf cartons de la nuisette rose proposée en bas à droite de la page quatre. J'ai pourtant vérifié le listing des commandes... Je me suis permis de vérifier, même si je sais que cette tâche est sous la responsabilité de notre responsable du rayon textile femme...

– Tu parles de Gisèle ?

– Oui, c'est cela. Sur le listing des commandes, la quantité préconisée par la centrale d'achats était de trente cartons.

Le responsable des ressources humaines lui a répondu : « Ah bon ? Tu en es bien sûre ? Comme c'est intéressant... Si c'est vraiment le cas, on va tirer cette affaire au clair ! » L'homme a pris son téléphone, et il a demandé au chef du secteur textile de venir immédiatement. Ils ont attendu, en silence, en écoutant les haut-parleurs du magasin présenter la nouvelle offre du rayon électro-ménager qui proposait le sac aspirateur deux litres au prix du sac d'un litre, à condition de remplir le bulletin de participation disponible à l'accueil.

Brusquement, la porte du bureau du responsable des ressources humaines s'est ouverte, et le chef du secteur textile est entré. « Ah, te voilà ! C'est encore Gisèle qui nous pose un problème. Depuis que nous l'avons nommée responsable de rayon, elle en fait un peu trop à sa tête. Mais écoute plutôt ce que notre jeune et, disons-le, charmante stagiaire, souhaite nous révéler… »

Elle a fait part de son inquiétude, concernant la commande des nuisettes roses prévues sur la page quatre du catalogue de la fête des Mères. Le chef du secteur textile s'est gratté le menton, puis il a dit : « De toute manière, il nous faut un exemple. Ces responsables de rayon se prennent tous pour des petits chefs. Cela fait deux ans que l'on n'a pas vraiment sanctionné quelqu'un. Une bonne sanction, concernant un salarié qui n'a, aux yeux des autres, aucune inquiétude à se faire ; une mise à pied, quel que soit le motif, et c'est tout le magasin qui se sent menacé, et qui se remet en question immédiatement… C'est toujours bon pour la motivation, le châtiment d'autrui… On va donc la convoquer ! »

Les deux hommes ont appelé Gisèle.

Le responsable des ressources humaines et le chef du secteur textile lui ont demandé pourquoi la responsable du rayon textile femme n'avait pas commandé le nombre de cartons préconisé pour la promotion de la fête des Mères. Ils demandaient donc directement, à Gisèle, comment elle avait pu commettre une telle erreur et trahir ainsi leur confiance.

La responsable du rayon textile femme leur a répondu :

– De quels articles vous voulez parler ? Sur le catalogue de la fête des Mères il y a quarante-cinq pages de promotions, et une dizaine de produits par page. Et comme on reçoit le listing de la centrale d'achats toujours au dernier moment, on se retrouve à passer nos commandes jusqu'à pas d'heure... Je quitte souvent le magasin quand le responsable du rayon boulangerie arrive.

– Pas de mauvais esprit, Gisèle. Si tu n'es pas organisée dans ton travail, après toutes ces années d'expérience, cela te regarde, toi. Et si nous t'avons convoquée, c'est que le problème en question concerne un produit stratégique, un produit incontournable. Nous ne t'aurions pas dérangée pour une peccadille !

– Eh bien, je vous écoute !

Le responsable des ressources humaines a ouvert le catalogue à la page quatre et lui a montré la photo de la nuisette rose qui existait également en coloris bleu. La responsable du rayon textile s'est penchée avec attention sur la page quatre, puis elle a regardé la stagiaire. Cette dernière eut la nette impression que Gisèle la découvrait, que la jeune stagiaire qu'elle avait accueillie sur son rayon, quelques jours auparavant, n'était pas la même personne qui lui faisait face dans ce bureau où, en temps normal, les stagiaires n'étaient pas admis. Elle s'est sentie soudainement remplie par le regard de Gisèle. C'était un regard qui exprimait la crainte, ou peut-être l'inquiétude. Ou peut-être l'incompréhension. Le genre de regard qui lui donnait l'impression de vraiment exister... Le genre de regard qui la gonflait d'orgueil, et comme la voile boudinée de vent qui fait avancer l'embarcation, elle se laissait griser par cette sensation d'enfin quitter les rives de son existence banale. C'est le chef du secteur textile qui brisa le silence en s'adressant à sa responsable du rayon textile femme d'une voix aussi ferme que les fauteuils électriques de sa voiture de chef de secteur :

– Gisèle, je ne te reconnais pas ! Il s'agit d'un produit hautement stratégique, surtout dans cette période de crise économique. Les Français, nos clients, ont besoin de retrouver le moral. Et cette nuisette doit contribuer, avec d'autres produits, évidemment, comme le sèche-cheveux de la page douze, à inverser la tendance actuelle. Je trouve qu'il est inadmissible de ne pas mettre toute son énergie dans un catalogue de quarante-cinq pages distribués à soixante-cinq mille exemplaires sur notre zone de chalandise. Il est hors de question, et je parle au nom de tous les chefs de secteur du magasin, de perdre ne serait-ce qu'une cliente à cause d'une nuisette rose, ou bleue, parce que la ménagère de moins de cinquante ans, c'est stratégique, un point c'est tout.

– Mais enfin, je ne comprends pas… Je les ai commandées ces nuisettes, j'ai bien vu les cartons en réserve. J'ai même exigé de la nouvelle stagiaire qu'elle les mette en rayon.

– La nouvelle stagiaire, comme tu dis si bien, s'inquiète du nombre de cartons commandés, justement.

– Il manque effectivement un carton par rapport à la commande initiale. J'ai remonté l'information, en utilisant le document de litige interne B27 à la centrale d'achats. Voilà… Je n'ai rien à dire de plus… Je ne vois pas ce qu'il y a à rajouter.

– Tu ne vois pas ce qu'il y a à rajouter ? Eh bien ça promet… À quelques jours de la fête des Mères, ça promet !

– Mais… Ce n'est tout de même pas de ma faute si un carton manque à l'appel !

– Nous te rappelons que tu es responsable du rayon textile femme, et qu'à ce titre nous attendons de toi, comme de tous tes collègues responsables de rayon, un niveau d'exigence franchement plus élevé que celui que tu nous proposes présentement.

Le responsable des ressources humaines demanda à la responsable du rayon textile femme :

– Un carton manque à l'appel, et ton propre chef de secteur n'est pas au courant ?

– Mais enfin… Je n'allais pas le déranger pour cette « peccadille », comme vous dites si bien. Si je devais lui remonter toutes les informations de ce genre, je passerais la journée dans son bureau. Je ne suis plus stagiaire, moi, je n'ai plus de temps à perdre dans les bureaux…

– Pas de mauvais esprit, et pourquoi dis-tu ça ? Il y a tant d'anomalies que cela dans ton propre rayon ?

– Ce n'est pas ce que j'ai voulu dire ! Ne me faites pas dire ce que je n'ai pas voulu dire ! J'ai voulu dire autre chose…

– Ne cherche pas à changer le sujet de la conversation… As-tu pensé aux conséquences en cas de rupture de stock ? Comme tu le sais, la loi nous impose de pouvoir fournir à nos clients les articles présentés sur les catalogues promotionnels durant toute la durée de l'opération. Un carton qui manque aujourd'hui, c'est peut-être le tribunal demain ! Et puis, qui nous dit que c'est bien une erreur du service logistique ? C'est si facile de faire retomber la responsabilité de ses propres manquements sur les autres. Peut-être que, tout simplement, tu n'auras commandé que vingt-neuf cartons, et non trente.

– Mais enfin, qu'est-ce que vous cherchez exactement à me dire ? Cette nuisette est horrible, si on arrive à vendre la moitié du stock, ce sera un exploit !

– Ce que nous cherchons également à te dire, au-delà du problème légal, c'est que ce carton manquant a peut-être été volé. Et là, c'est plus grave !

– Je ne comprends pas ce que signifie cette convocation. Maintenant on m'accuse de vol. C'est un cauchemar, je vais me réveiller… Je suis ici depuis six heures du matin, parce que je voulais être sûre que le rayon soit prêt, je suis fatiguée, je n'ai pas vu mon fils depuis quatre jours. Il passe sa vie entre l'école et la crèche, et je suis seule pour l'élever. Je donne tout mon temps et toute mon énergie à ce rayon textile femme, je donne toutes mes forces à ce magasin… Je n'en peux plus… Je suis si fatiguée… Et que fait cette stagiaire dans ce bureau ? Pourquoi me regarde-t-elle comme ça ? Hein ? Qu'est-ce qu'elle me veut ?

– Laisse tranquille ta stagiaire, elle n'est pour rien dans le fait qu'il manque un carton de nuisettes. Ne cherche pas un bouc émissaire. Nous te rappelons qu'elle n'est là que depuis quelques jours.

La responsable du rayon textile femme les a regardés, puis s'est assise en soufflant bruyamment :

– Je n'en peux plus…

– Cela se voit…

– C'est-à-dire ?

– Tu as baissé de 2,75 % sur la sous-famille des culottes taille S coloris vert par rapport aux ventes de l'année dernière. Tu sembles surprise. Sache que nous surveillons de près les données commerciales du rayon textile femme. Et cela ne nous rassure pas que tu ne connaisses pas les résultats économiques de ton propre rayon !

– Mais enfin… Les culottes vertes… Pourquoi pas les chaussettes noires ? Vous vous fichez de moi ! Vous cherchez quoi ?

– On ne cherche rien… Enfin si, on cherche à comprendre…

La responsable du rayon textile femme a pleuré, doucement, longuement... Le genre de sanglot qui aurait amélioré les ventes des mouchoirs en papier présentés en face des caisses n° 3 et n° 4. Une initiative désespérée du responsable du rayon produits hygiéniques, qui avait tapé 10 000 au lieu de 1 000 lors de sa passation de commande de réassortiment hebdomadaire.

La responsable du rayon textile femme a dit qu'elle était désolée, qu'elle ne le ferait plus, qu'il s'agissait sûrement d'un oubli ou d'une faute de frappe, lors de la prise de commande, au moment de saisir les quantités dans l'ordinateur. Elle leur a dit que peut-être, finalement, ce carton n'avait jamais existé, qu'il s'était volatilisé, ou bien qu'il était encore là, caché quelque part, à guetter les effets de sa disparition. La responsable du rayon textile femme a proposé de mettre un panneau dans le rayon pour s'excuser auprès de la clientèle, et elle a enfin admis que ce carton manquant, c'était une erreur, une grossière erreur, et qu'en tant que responsable, elle assumait. Elle demandait aussi au responsable des ressources humaines et à son chef de secteur d'être compréhensifs, après tant d'années d'implication, après tant d'années de présence assidue, sans retard et sans arrêt de travail.

Le responsable des ressources humaines et le chef du secteur textile lui ont répondu qu'elle semblait effectivement très fatiguée, puis ils lui ont parlé de l'évolution inéluctable des méthodes de travail, ils ont évoqué le niveau d'incompétence que tout salarié était censé atteindre, un jour ou l'autre, au cours de sa carrière.

Le responsable des ressources humaines et le chef du secteur textile lui ont dit que ce jour était arrivé, et qu'elle devait assumer et se remettre en question, pour le bien du rayon textile femme, et pour le bien de l'enseigne et des six cent cinquante salariés du magasin. Enfin, ils lui ont dit qu'un poste d'employée à la station-service, qui jouxtait le centre commercial, était bientôt disponible, qu'il s'agissait là d'une formidable opportunité, et que c'était tout ce qu'ils pouvaient lui proposer : « On te dit ça comme ça, on le prend sur nous, mais tu sais que ce n'est pas nous qui décidons. Il faudra en parler au directeur. Mais bon. Si tu veux un conseil d'ami, franchement, à ta place, avec tout ce que l'on va devoir dire dans notre rapport, on ne voit pas d'autre solution... »

Gisèle a pleuré encore plus fort, elle les a remerciés de ne pas la sanctionner, et d'encore moins la licencier. Elle leur a parlé de son implication, qu'elle allait s'attacher à raviver, car une erreur de saisie pendant la passation d'une commande, elle en convenait, ne pouvait être liée qu'à un manque d'implication. C'est ce que lui avait dit son collègue, le chef du rayon produits hygiéniques, avant de démissionner de son poste il y avait quelques jours (au grand regret de la direction qui aurait préféré un licenciement pour l'exemple).

Elle promettait, en les remerciant de lui proposer un nouveau challenge, que « la Gisèle » qu'ils avaient connue, ambitieuse et prête à tout, même après vingt heures, était encore capable de contribuer à la croissance du magasin. Ils allaient être surpris, dans pas longtemps on reparlerait de sa motivation, de son assiduité et de son implication.

Puis, Gisèle a essuyé ses yeux avec la manche de son gilet rouge de travail, et elle leur a demandé : «Je vous laisse mon badge ?»

Le responsable des ressources humaines et le chef du secteur textile lui ont dit que oui, et qu'il fallait qu'elle se dépêche parce que son nouveau responsable, en charge de la station-service et de la station de lavage, l'attendait dans son bureau pour lui indiquer la marche à suivre : «Parce que finalement, nous pensons qu'il ne faut pas perdre de temps. Écris-nous une lettre de motivation en précisant que tu souhaites être nommée à la station-service, car tu n'arrives plus à assumer les responsabilités inhérentes au statut de responsable de rayon. Dis bien par écrit que tu es fatiguée, et que tu souhaites que la direction te confie moins de responsabilités. C'est important de bien décrire ton désarroi, afin que le directeur du magasin ne s'oppose pas à cette mutation exceptionnelle...»

Le responsable des ressources humaines et le chef du secteur textile lui ont aussi demandé de se couper les ongles parce que pour remettre en place les turbines à jets densifiés de fabrication allemande, et qui assuraient un lavage de la carrosserie sans risque de rayures, les ongles trop longs seraient un frein à sa productivité. Gisèle a regardé ses mains et elle a commencé à se ronger les ongles devant eux.

Le responsable des ressources humaines et le chef du secteur textile lui ont dit que ce n'était pas non plus très urgent, et qu'elle ferait ça chez elle, tranquillement, ce soir, après avoir savouré un repos bien mérité dans son nouveau canapé en simili peau de zèbre, car ils avaient appris fortuitement, grâce aux statistiques d'achats hebdomadaires, qu'elle avait acquis un nouveau canapé en profitant des 3,5 % de réduction accordés à tous les salariés ayant plus de cinq ans d'ancienneté au sein de l'enseigne : « Et en plus de vous donner un salaire, l'enseigne vous gâte ! C'est faire preuve de bien peu de reconnaissance de négliger la passation de commande, non ? »

Gisèle a regardé le chef du secteur textile en lui disant : « Mais ce soir… »

Le chef du secteur textile lui a répondu : « Quoi, ce soir ? »

Alors, Gisèle a regardé la stagiaire du rayon textile femme.

Le responsable des ressources humaines lui a demandé : « Vous avez d'autres questions, Gisèle ? »

La stagiaire remarqua qu'il avait vouvoyé Gisèle, et ne trouva pas cela très encourageant pour l'ancienne responsable du rayon textile femme.

Gisèle s'est levée, elle a dit une nouvelle fois merci, et elle s'est recoiffée. Elle est passée devant la stagiaire qui remarqua qu'elle avait perdu l'expression caractéristique du regard des responsables de rayon. Cette expression, connue de tous les salariés du magasin, et qu'elle avait encore au moment de son entrée dans le bureau.

Quand Gisèle eut refermé la porte du bureau du responsable des ressources humaines, et que le bruit de ses talons ne fit plus résonner la coursive en métal qui dominait la surface de vente, les deux hommes se sont assis, et le chef du secteur textile a dit :

– On a oublié de lui dire que pour travailler à la station-service il faudra aussi qu'elle ne mette plus de chaussures à talons mais des chaussures de sécurité.

– Tu as raison. Finie la coquetterie, quand on travaille avec le fioul. Le nombre de soupirants de « la belle Gisèle » va chuter plus vite que celui des ventes de ses culottes vertes.

– Si ce n'est déjà fait... Tu as vu son regard ? Rien qui donne envie.

Le responsable des ressources humaines et le chef du secteur textile ont regardé la stagiaire et ils lui ont demandé : « Au fait, il y a combien de nuisettes dans un carton ? »

« Six... », elle a répondu, très sûre d'elle. Alors le responsable des ressources humaines et le chef du secteur textile ont rigolé, mais elle n'a pas rigolé.

Les deux hommes lui ont demandé si elle était

contente de devenir responsable du rayon textile femme. Elle leur a répondu qu'elle était très fière de la confiance qu'ils voulaient bien lui accorder, puis elle leur a demandé : « Je fais comment pour le carton manquant de nuisettes ? »

Le responsable des ressources humaines et le chef du secteur textile ont souri, mais elle n'a pas souri. Les deux hommes lui ont proposé d'aller fêter sa nomination autour d'un bon plat. Elle leur a demandé : « À la cantine ? », et ils ont répondu : « Tu plaisantes ? Tu es responsable maintenant. On va aller à la brasserie de la galerie marchande ! »

Le chef du secteur textile s'est levé, il s'est approché d'elle et l'a prise par les épaules, puis il a dit : « Et en plus tu sais quoi ? Dès que tu auras signé ton nouveau contrat, tu ne seras plus qu'à une encablure hiérarchique de pouvoir nous tutoyer… »

Gisèle n'est plus ma responsable.

On m'a nommée à sa place.

J'ai été surprise de la rapidité du changement.

J'ai essayé d'avoir des remords, de me dire que ce n'était pas bien d'avoir fait cela.

Mais d'avoir fait quoi ? Si le fait de suivre son instinct est reprochable, alors il me reste quoi ? Et puis, je me dis que, peut-être un jour, moi aussi, je devrai me défendre contre l'autre.

7

Le soir, elle est allée voir ses parents qui, à l'époque, vivaient dans un pavillon au bord d'une autoroute. Quelques semaines avant son intégration, elle avait loué un petit appartement près du magasin, et elle devait prendre sa voiture pour aller chez eux.

En garant sa Renault 5, à côté de la Renault 12 de son père, elle a su qu'un jour, quand elle aurait les moyens de prendre un crédit, elle achèterait deux maisons mitoyennes pour qu'ils soient voisins. Pour qu'elle n'ait plus à prendre sa voiture pour aller les voir. Pour qu'elle n'ait plus à prendre sa voiture pour aller chercher sa mère et sa tête de loup. Pour qu'elle ne s'inquiète plus, en pensant à ses parents, seuls dans leur maison. Pour qu'elle ne pense plus à eux pendant ses heures de travail, les sachant près de chez elle, en train de penser à leur enfant.

Quand elle est entrée dans la maison (elle a les clés), son père regardait la télévision, et sa mère repassait son linge en regardant la télévision.

Elle les a observés attentivement, en pensant à ce bonheur qu'ils côtoyaient depuis plus de trente ans, et puis son père a dit : « Tu peux pas couper la vapeur de ce putain de fer, que j'entende ce que dit ce journaliste, qui n'a rien trouvé de mieux que de nous parler de ces salopards d'étudiants qui font encore grève ! »

Elle a dit : « Je vois que tu t'intéresses toujours autant à la jeunesse... »

Ils ne furent pas surpris de la voir, et sa mère a posé son fer à repasser pour lui demander : « Pourquoi tu nous apportes une bouteille de champagne ? Il reste deux bouteilles de mousseux dans le frigo... »

Elle lui a répondu qu'il allait falloir qu'ils s'habituent à ne boire que ça parce que avec sa carte de responsable du rayon textile femme, elle aurait droit dorénavant à 5 % de bons d'achats supplémentaires sur sa carte Privilège dès qu'elle achèterait des produits aux rayons champagne et whisky.

Son père a demandé : « Et tu peux la prêter, ta carte ? »

Sa mère lui a dit d'arrêter de ne penser qu'à lui, et elle l'a embrassée en disant qu'elle était très fière que sa fille ait une carte Privilège.

Son père s'est levé et l'a aussi embrassée : « Moi aussi, je suis fier de toi, mais tu me connais, je ne sais pas le dire. Alors, on se le boit ce mousseux ? »

Sa mère lui a dit que ce n'était pas du mousseux mais

que c'était du champagne et qu'il avait intérêt à ne pas trop en boire, même si avec la carte Privilège ça ne revenait pas cher.

La mère a demandé à sa fille si elle sortait les flûtes en cristal de la grand-mère. Elle lui a dit que ce serait dommage de les casser, alors sa mère a nettoyé les verres à vin qui étaient dans l'évier. Sa mère a posé les verres sur la table en disant : « Et comme on dit : qu'importe le flacon, pourvu qu'on ait l'ivresse… » Son père a répondu : « Qu'est-ce qu'il ne faut pas entendre… », et ils se sont installés dans le canapé qui fait un angle avec l'aquarium dans lequel plus rien ne flotte depuis que son père y a, par mégarde, jeté un fond de bouteille de javel, et sa mère a demandé : « Tu ne nous as pas encore expliqué comment tu es devenue aussi vite responsable de rayon ? Après seulement quelques jours de stage, c'est un exploit, non ? »

Elle leur a raconté l'histoire du carton oublié sur la commande par l'ancienne responsable du rayon textile femme, et ils ont compris très vite que le monde de l'hypermarché était un monde difficile, où la moindre erreur était sanctionnée immédiatement.

Ils ont bu le champagne, que son père n'a pas trouvé meilleur que le mousseux. Sa mère lui a dit qu'il n'y comprenait rien, alors il lui a répondu que l'important c'était sa fille et pas le champagne. Ils ont fini leur verre, et elle leur a dit qu'il était temps qu'elle rentre chez elle parce que demain il fallait mettre en rayon tous les articles du catalogue de la fête des Mères avant l'ouverture du magasin.

– Tu as tant de travail que ça ? a demandé sa mère.

– Essayez d'imaginer ce que représente un catalogue de quarante-cinq pages, à raison de dix articles par page et de trente cartons en moyenne par article… »

Son père est intervenu :

– Moi, à l'école, j'étais nul en maths, je peux pas me rendre compte…

– C'est pas des maths, c'est du commerce. Tu ne t'intéresses même pas à ce que fait notre fille…, lui a dit sa mère.

Son père a fait « Pfffffff… », et elle s'est levée. Elle a regardé sa montre, en pensant à celle qu'elle s'offrirait bientôt avec sa carte Privilège. Elle les a embrassés, et elle a demandé à sa mère si cela lui ferait plaisir d'avoir une nuisette rose pour la fête des Mères. Sa mère lui a répondu : « Pourquoi pas ! Ça peut toujours servir. Mais quelle drôle d'idée, une nuisette rose à mon âge… En tous les cas, ce n'est pas ton père qui aurait eu cette attention ! »

Elle lui a répondu que c'était symbolique, que c'était grâce aux nuisettes qu'elle était devenue responsable du rayon textile femme, et qu'il était important que sa mère, celle qui lui avait donné la vie, puisse toucher du doigt la preuve de la réussite de sa propre fille. Elle a aussi demandé à sa mère d'en parler à ses copines, de cette nuisette vendue à bas prix, parce que ça l'arrangerait dans son nouveau travail. Sa mère lui a dit qu'elle en parlerait à ses voisines, et elle est partie rassurée car, même avec un carton de moins, elle avait tout de même cent soixante-treize nuisettes roses à vendre avant dimanche.

Des nuisettes mal taillées, aux motifs improbables, et qu'un magasin concurrent proposait en cadeau pour tout achat d'une paire de pantoufles, à l'occasion de la fête des Mères… C'est ce qu'elle avait repéré lors de sa visite avec le chef du secteur textile. C'est ce qui lui avait donné l'idée du carton manquant de nuisettes. Un carton qui était bien arrivé, mais qu'elle avait renvoyé à la centrale d'achats avec un courrier qui disait ceci : « *Je me présente, je suis stagiaire au rayon textile femme du magasin cité en marge du bon de commande ci-joint. Je me permets de vous renvoyer ce carton de nuisettes afin que vous puissiez comparer avec le produit vendu chez notre concurrent qui, actuellement, propose la même nuisette en offre gratuite, alors que nous, nous allons devoir la vendre… Le produit est présenté en page quatre du catalogue fête des Mères…* »

Elle avait signé de son nom en expliquant que sa démarche était une initiative personnelle, et qu'elle ne souhaitait pas mettre en porte-à-faux sa hiérarchie.

Le carton renvoyé à la centrale d'achats ?
J'avais fait cela sans réfléchir, à l'instinct.

Mais je savais, sans me le dire, que ce geste aurait des conséquences.

Et que ces conséquences me serviraient.

Je n'ai plus mal au ventre, et je me sens mieux qu'avant.

Pour la première fois de ma vie, je guette demain avec curiosité.

8

Un hypermarché c'est un monde dans le monde.

Et dans ce monde, il y a deux mondes. Le monde du «AL» et le monde du «NONAL». Le monde de ceux qui travaillent dans l'«alimentaire» et le monde de ceux qui travaillent dans le «non-alimentaire».

Ceux qui travaillent dans les secteurs alimentaires, sur le terrain, ceux qui arrivent les premiers pour vider les réserves frigorifiques des marchandises livrées dans la nuit, ceux qui finissent avant les autres, quand le chiffre d'affaires de la journée est déjà joué, ceux-là sont arrogants, sûrs d'eux, et méprisants envers les chemises propres du «NONAL». Ce sont des rustres, qui parlent fort et qui négligent leur tenue de travail qui doit symboliser le labeur et la sueur. Ce sont les premiers à occuper la salle de pause, à l'ouverture des portes, pour bien montrer aux autres secteurs du magasin que les premiers, les plus courageux, c'est eux, trois ou quatre heures avant les autres. Il y a beaucoup d'hommes dans le «AL», qui laissent leur chemise sortir de leur pantalon et qui utilisent leur cravate pour s'essuyer quand ils transpirent. Les employés du « AL » savent que la réussite du magasin est fondée sur l'efficacité de leurs rayons (la boulangerie, l'épicerie, la boucherie, les produits frais, les boissons, l'alcool ou la crémerie). Un hypermarché ne peut se passer de l'alimentaire, sa raison d'être, c'est l'alimentaire, son métier c'est l'alimentaire.

Ceux du « NONAL » travaillent dans des rayons de complément, qui coûtent cher en publicité car ils sont l'image d'un magasin, mais qui occupent des mètres carrés pour finalement pas grand-chose en termes de résultats et de rentabilité. Ceux du « NONAL » n'envient pas le rythme et les méthodes de travail du « AL », mais ils savent aussi que pour espérer évoluer vers des postes plus valorisants, le passage par l'un des rayons de l'« AL » est nécessaire, qu'il contribue à façonner la personnalité efficacement, qu'il sert de tamis afin d'éliminer les frileux et les maniérés avant de confier les postes stratégiques aux collaborateurs qui en auront bavé, et qui sauront en faire baver aux autres. En fait, et très simplement, une carrière réussie dans un hypermarché passe obligatoirement par le « AL ».

Elle ne quittera jamais le « NONAL ». Sauf un jour. Mais c'est la fin de l'histoire et, avant la fin, il y a encore quelques détails à préciser.

Quelques jours après sa nomination, elle a été « obligée » (dans un hypermarché on ne vous oblige pas, mais on vous fait comprendre que si vous ne faites pas certaines choses ce sera très mal vu. Vous vous sentez donc obligé de faire cette chose, qui devient une obligation) de fêter l'évènement avec tous les employés du secteur textile.

Elle avait en face d'elle toutes les équipes des rayons de l'univers textile convoquées par le chef du secteur.

Ses anciennes copines stagiaires n'avaient pas été conviées. Elle n'en éprouva aucune gêne, elle avait changé de dimension, et une certaine indifférence lui avait été fournie avec le badge. Sa nomination, aussi rapide que peu commune (en général, avant de devenir responsable d'un rayon, quand on n'a pas de diplôme, il faut passer par la case « employé libre-service » pendant quelques années) avait suscité des interrogations et des jalousies. Mais cela ne la touchait pas.

Incontestablement sereine, et encouragée par le regard protecteur de son chef de secteur, elle formulait ses vœux de réussite pour l'ensemble du magasin en louant le travail d'équipe et la solidarité entre les rayons. Elle récitait une leçon apprise, la veille au soir, dans le lit d'un hôtel proche du magasin. Elle connaissait son texte, elle le récitait, comme à l'école, mais à l'école l'odeur du pouvoir symbolisée par le maître n'avait pas eu la même attractivité.

Les membres du secteur textile, qui avaient été

conviés, commencèrent à boire le vin mousseux qu'elle avait acheté dans le rayon liquide de l'hypermarché, pour bien montrer à tout le magasin que sa nomination ne la changerait pas, et qu'elle continuerait à faire ses courses comme avant, en achetant des produits simples, et de préférence fabriqués dans les usines de l'enseigne.

La caissière, qui l'avait connue jeune stagiaire et timide, comme toutes les jeunes stagiaires, lui avait souri. Les quatre cartons de six bouteilles de mousseux faisaient dans le chariot un bruit de verre malmené. La caissière lui avait demandé si elle avait un évènement important à fêter. Elle lui avait répondu qu'elle avait simplement eu la chance d'être nommée responsable du rayon textile femme, et qu'il était de tradition de fêter une nomination avec ses collègues de travail.

La caissière avait demandé : « Déjà ? » Elle lui avait répondu : « Déjà quoi ? », puis elle avait plié le ticket de caisse qu'elle allait présenter au service de sécurité avant d'accéder au bureau de l'étage, par la coursive, avec en sa possession des articles payés honnêtement sans remise exceptionnelle. La caissière, qui l'avait regardée ranger le ticket dans son sac, s'était autorisée à murmurer : « J'en connais une qui a déjà tout compris... »

Avant de partir avec son chariot, elle avait répondu à la caissière : « Il t'aura fallu dix ans pour accepter de te faire sauter par le vigile de la station-service, inutilement, simplement parce que ton mari est devenu laid et qu'il doit te tromper avec la voisine. Moi, il m'aura fallu quinze jours pour réussir... »

Je sais que je suis le sujet de conversation des employés du magasin.

Ils ne savent pas, tous, que cela ne me gêne pas, car ils contribuent, à leur manière, à me créer une personnalité.

Patiemment, je vais devenir une femme distante, manipulatrice et sûre d'elle.

Je serai une femme dynamique qui aura la caution de sa hiérarchie, qui appréciera ceux qui ne pactisent pas avec la base.

La poche continue de se remplir, dans peu de temps, elle sera visible de tous.

9

Quand l'alcool du vin mousseux eut fini de rapprocher les gens, et de transformer les frustrations et les mesquineries quotidiennes en brèves accolades propres à souder une équipe, le directeur de l'hypermarché entra dans le bureau du secteur textile : « Et alors, on s'amuse et on ne m'invite pas ? »

L'homme est beau et possède un vrai charisme. Elle le croise parfois sur le parking ou dans l'un des multiples rayons du magasin. Il est toujours entouré d'une cour de chefs de secteur. Il est directeur du magasin depuis le changement d'enseigne. C'est lui qui a organisé le reclassement des anciens de l'ancienne enseigne et la valorisation des nouveaux, des jeunes diplômés. C'est lui qui souhaite imposer le « bac+4 » chez les responsables de rayon, pour motiver les employés du libre-service à « bourrer » les gondoles. Son projet est en cours de validation auprès de la direction générale de l'enseigne et il espère que, très rapidement, pour postuler à l'un des postes d'encadrement, le bagage intellectuel sera aussi pesant que les futurs cartons à transporter.

Le chef du secteur textile s'est approché du directeur du magasin avec, à la main, une coupe pleine de bulles et de jus de raisin fermenté : «On n'a pas osé vous déranger, ce n'est que du mousseux...» Le directeur lui a répondu sans regarder la coupe : «Et tu n'as que ça à me proposer ?»

Un silence voyeur s'installa. Tous les regards présents dans la salle de réunion du secteur textile se sont posés sur le visage du responsable de secteur et convoitent maintenant la réplique de leur chef. Mais le chef ne réplique pas. Il a en face de lui le directeur, et avec lui tous les silences qui font de la véritable autorité une poignante solitude.

Le chef du secteur textile a posé sa coupe et a quitté le bureau en disant : «Je reviens, donnez-moi cinq minutes, vous ne serez pas déçu...» Toutes les personnes présentes ont pensé en même temps que le «vous» ne leur était pas adressé. Toutes les personnes, sauf le directeur.

Les murmures ont repris. Le directeur du magasin regardait les responsables de rayon et les employés du secteur textile un par un. Certains discutaient, à voix basse, d'autres regardaient leurs pieds, d'autres encore contemplaient les bulles qui remontaient à la surface pour reprendre leur souffle, tous attendaient avec impatience la suite de la joute verbale pour, enfin, assister à l'effondrement de l'arrogance de leur chef de secteur.

Elle a osé s'approcher du directeur du magasin pour lui demander :

– Vous auriez cinq minutes, demain, à consacrer à mon rayon lors de votre visite quotidienne du magasin ?

– Et c'est quoi, ton rayon, ma jolie ?

Elle n'a pas eu le temps de répondre, le chef du secteur textile était de retour avec une bouteille de vrai champagne :

– Comme vous voyez, je vous apporte ce qu'il y a de meilleur dans le magasin. Le seul problème, c'est que la bouteille n'est pas fraîche.

Le chef du secteur textile commença à déboucher la bouteille de champagne.

Le directeur du magasin regardait, amusé, le chef du secteur essayer d'extirper le bouchon de ce champagne qu'il savait de piètre qualité. Quand, enfin, un « pschiiit » ridicule accompagna l'expulsion du bouchon, le directeur fit cette remarque : « Le champagne chaud, c'est une faute de goût. Mettez le reste au frais et buvez-le à ma santé ! »

Le directeur du magasin, qui allait quitter le bureau, se retourna vers les employés du secteur textile et dit : « Vous ne m'avez toujours pas expliqué pourquoi on buvait du mousseux dans ce bureau ? »

Le chef du secteur textile lui annonça solennellement :

« Nous fêtons la nomination de notre nouvelle responsable du rayon textile femme ! »

Alors, le directeur du magasin a répondu au chef du secteur textile : « Tu as enfin viré Gisèle ? Ce n'est pas trop tôt. La prochaine fois, j'aimerais que l'on ne laisse pas éternellement les mauvaises personnes au mauvais endroit… C'est d'ailleurs pourquoi je souhaite très rapidement que notre direction valide mon projet, celui de ne nommer que des responsables de rayon diplômés aux postes d'encadrement. Cela évitera à l'avenir les nomination, disons, subjectives… »

Avant de quitter définitivement le bureau du chef du secteur textile, le directeur s'adressa à la nouvelle responsable du rayon textile femme :

– Vous vouliez que je passe demain, avant l'ouverture, sur votre rayon ? Vous m'avez demandé cinq minutes ? C'est un peu juste pour se faire une idée. Vous débutez, il faut vous laisser le temps de vous intégrer, de vous habituer. C'est vous qui viendrez me voir, dans mon bureau. Mais prévoyez plus de cinq minutes. On va avoir des choses à se dire. Il n'est pas question de vous gâcher. L'ancienne responsable du rayon textile femme était périmée, usée, démotivée et peut-être, aussi, mal encadrée. Je souhaite que vous partiez sur de bonnes bases. Alors, à demain.

– Vous souhaitez peut-être que je l'accompagne ? demanda le chef du secteur textile.

– Je viens de dire que je voulais qu'elle parte sur de bonnes bases.

Assister à la mort d'un fauve, tué par un autre fauve, c'est ce que j'ai vu.

C'est une expérience que je ne vivrai pas, car je ne suis rien, je n'ai pas de chair à donner en pâture.

Je n'ai qu'un grand vide, au creux de moi, et le vide n'attire pas les fauves. C'est peut-être pour cela que je suis obsédée par ce besoin d'être acceptée dans la horde, pour me convaincre que je suis faite de chair, quand même, malgré tout.

10

Le soir, elle a attendu le chef du secteur textile à l'endroit habituel.

À l'angle de la station-service, qui ferme à vingt heures, un dernier éclairage illumine en biais un endroit du parking. Si l'on gare sa voiture en face de la pompe n° 3, la lumière éclaire le haut des cuisses du passager. C'est son endroit préféré, à lui. Il aime contempler le sexe brun de la femme dans la lumière crue de la pompe à essence. À chaque fois, il s'approche lentement. Il colle son visage sur la vitre de la portière et il regarde. Elle entend quelques frottements sur le métal, et puis il repart. Quand il ne repart pas, c'est qu'il souhaite qu'ils aillent chez lui. Ces jours-là, elle les connaît. C'est quand la femme du chef du secteur textile est en formation, à Lille, dans le cadre de son métier de chef comptable dans une enseigne de fournitures de produits médicaux.

Elle a garé sa voiture devant la pompe n° 3, elle s'est assise dans le siège passager, et elle a enlevé sa culotte, pour gagner du temps.

Elle a attendu jusqu'à vingt-deux heures.

Un vigile est venu taper à la vitre de la voiture, et il l'a reconnue : « T'es la stagiaire du textile, tu fous quoi là ? Tu veux que je m'occupe de toi ? Tu es venue faire le plein ? Je peux m'en occuper, et ce que je fournis, c'est moins cher que le gasoil, mais ça reste du super... »

Elle a hésité à lui parler de son nouveau statut, elle a hésité à utiliser sur lui son regard froid, elle a hésité à marquer son indifférence, et elle a compris très vite que les règles qui régissaient la vie à l'intérieur de l'hypermarché ne servaient à rien à l'extérieur.

Elle a changé de place, elle a démarré et elle a quitté le parking de la station-service en pensant qu'il fallait qu'elle change de voiture pour que ce vigile de malheur apprenne à qui il parle.

L'indifférence, c'est l'arme des faibles.

C'est une protection pour pas cher, le genre de carapace que seul le manque de caractère peut fournir. On est nombreux, dans un hypermarché, à pratiquer l'indifférence, et ça marche, puisqu'elle est exclusivement destinée aux employés qui nous sont inférieurs dans la hiérarchie.

Quand le mépris vient d'en bas, il perd très vite de sa force, surtout si l'on sait manier l'indifférence... On peut facilement passer pour un vrai chef, puisque l'indifférence est vite comparée à de l'arrogance et à de la suffisance, qui sont les qualités premières d'un vrai chef, sûr de son charisme et de ses compétences.

Maintenant que je suis chef, j'aurai à cœur de briser l'indifférence qui viendra d'en haut.

Je n'ai peut-être pas de caractère, mais j'ai une poche à remplir, et ça me donne tous les courages.

11

Le lendemain matin du jour de sa nomination, au poste de responsable du rayon textile femme, elle avait rendez vous dans le bureau du directeur. Tout le secteur était au courant de cette convocation. Les employés la regardaient avec un peu de méfiance et faisaient attention à leurs faits et gestes.

Elle a traversé la coursive, elle est passée devant les toilettes réservées aux employés du magasin, elle est passée devant la cantine avec ses chaises encore posées sur les tables, elle est passée devant la salle de pause, et elle est arrivée devant la porte du bureau de la secrétaire de direction.

C'était la première fois qu'elle allait voir celle qui travaillait quotidiennement avec le directeur du magasin. Elle a cogné timidement à sa porte et elle a attendu qu'on l'invite à entrer. Personne ne répondit mais la porte s'ouvrit, c'était une employée du ménage qui sortait du bureau avec son aspirateur.

– Pardon ! lui dit l'employée.

– La secrétaire de direction n'est pas dans son bureau ?

– Elle ne va pas tarder, elle est dans le bureau du responsable des ressources humaines, que j'ai nettoyé avant le sien. Je commence toujours par le bureau du directeur, puis je fais celui du responsable des ressources humaines, puis celui de la secrétaire de direction. Les chefs de secteur, ils se débrouillent, ils ont des stagiaires, faut bien que ça serve, les stagiaires.

– Parce que j'ai rendez-vous avec le directeur du magasin.

– Qu'est-ce que vous voulez que ça me fasse ? Moi aussi, j'aimerais bien avoir rendez-vous avec le directeur du magasin, pour lui demander une augmentation.

– Vous pensez que je peux directement taper à sa porte ?

– Il ne va pas vous manger, non ? C'est pas un fauve…

– Vous semblez si sûre de vous…

Elle s'est approchée du bureau du directeur du magasin, et elle est restée prostrée devant la porte peinte aux couleurs de l'enseigne. « Bonjour, vous attendez quelqu'un ? » La femme qui lui pose cette question est habillée élégamment. Une longue chevelure, très soignée, accompagne sa démarche d'un panache blond. La femme a un regard clair et franc, elle est très avenante.

– Vous êtes la secrétaire de direction ?

– Parfaitement. Et vous, vous êtes l'une des stagiaires du secteur textile.

– Je suis surtout la nouvelle responsable du rayon textile femme.

– Très bien… Enchantée… Ce n'est plus Gisèle qui s'occupe de ce rayon ? Je l'aimais bien Gisèle, elle me prévenait toujours avant, quand un article pouvait me plaire. Cela faisait un moment qu'elle ne me prévenait plus. Sûrement parce que les collections livrées par la centrale d'achats n'étaient pas intéressantes…

– Ou bien, qu'elle n'y pensait plus.

– Peut-être… Peut-être bien. Quand on n'a pas le moral, on s'isole vite des autres.

– Elle a été mutée à la station-service, elle se sentira peut-être moins seule…

– Quelle drôle d'idée. Comme voie de garage, ils n'ont pas eu beaucoup d'imagination…

– Elle a préféré prendre du recul.

– C'est ce qu'on dit… Je la verrai bientôt, je dois faire le plein d'essence de ma voiture.

– Elle s'occupe surtout de la station de lavage.

– Vous êtes venue pour me parler de Gisèle ?

– Non, non… En fait… Euh…

– Oui ?

– J'avais rendez-vous avec le directeur du magasin.

– Tiens donc… Je ne suis pas au courant.

– Il souhaitait que je passe le voir, à son bureau, ce matin.

– Vous en êtes sûre ?

– Eh bien oui. Il m'a dit ça hier soir, devant tout le secteur textile, j'ai des témoins.

– Gardez votre calme… Je ne mets pas votre parole en doute. Mais je ne pense pas qu'il puisse vous recevoir ce matin. Connaissant son emploi du temps… Enfin, je vais quand même lui demander. Restez là…

La secrétaire de direction s'est éloignée, et puis s'est retournée vers elle :

– Responsable du rayon textile femme, vous m'avez dit ?

– Oui. J'ai été nommée hier.

– Vous ne perdez pas votre temps…

La secrétaire de direction a ouvert la porte du bureau du directeur du magasin après avoir effleuré de ses ongles le bois peint. La femme est entrée dans la pièce sans attendre de réponse, et elle a entendu distinctement : « Dites à cette gamine qu'elle sera plus utile en bas, sur le terrain, dans son rayon, que dans mon bureau. Je viens de voir dans son dossier qu'elle n'a aucun diplôme au-dessus du baccalauréat. Elle n'a plus qu'à me montrer qu'elle mérite son poste en étant efficace sur le terrain ! »

La secrétaire de direction a refermé la porte du bureau du directeur du magasin et a dit :

– Le directeur est désolé mais il n'a pas le temps de vous recevoir. Il vous verra demain, dans votre rayon, lors de sa tournée matinale… Comme les autres…

– Je vous remercie.

– Ne me remerciez pas, je n'ai rien fait pour qu'il vous reçoive.

– Ce n'est pas grave. Je suis patiente, très patiente.

– Je vois que vous comprenez vite… Alors, à bientôt ?

– J'allais vous le dire.

Pendant plusieurs jours, le chef du secteur textile l'a ignorée. Il affichait vis-à-vis de sa personne une indifférence éprouvée par vingt ans d'expérience. Elle ne savait pas si cela la touchait vraiment, mais elle a su s'adapter. Elle n'a plus garé sa Renault 5 devant la pompe n° 3 de la station-service.

Quelques jours plus tard, grâce à son nouveau contrat, elle a pu commander une nouvelle voiture. C'était la première fois qu'elle possédait une voiture neuve. Quand son père s'est installé sur le fauteuil en cuir jaune, il lui a dit : « C'est la première fois que je monte dans une voiture neuve, en dehors de celles du Salon de l'auto, mais là c'est différent puisque c'est la tienne, et qu'on peut rouler avec… »

Son père n'a pas voulu conduire la voiture neuve. Il lui a dit qu'il aurait bien trop peur de l'abîmer. Pour fêter la nouvelle voiture, elle a décidé qu'ils iraient tous les trois manger chez son oncle. Elle espérait bien que sa cousine, qui tous les samedis soir dînait chez ses parents, serait là pour voir la nouvelle voiture.

Sa cousine est mariée depuis dix ans avec un certain Robert, qui joue les gros durs, mais qui pointe au chômage, ce qui pour elle est devenu, depuis son embauche, la preuve d'une faiblesse indéniable. Il pense que sa vie va changer le jour où la Loterie nationale comprendra que c'est lui, et pas un autre, qui a les bons numéros. Dès qu'il a un peu bu, il est violent et veut taper sur tout le monde si on ne le retient pas. Elle est la seule personne qui peut se moquer de lui. Il n'ose pas lui répondre, et ça impressionne sa famille. Elle se permet de l'injurier, parce qu'elle sait que ce type n'a qu'une envie. Il n'a jamais osé lui dire, mais elle sait qu'il n'a qu'une envie. Elle n'a jamais cédé. Et c'est maintenant qu'elle sait pourquoi : parce qu'il n'a aucun pouvoir, et que son odeur est celle de l'échec.

En fait, la raison pour laquelle le mari de sa cousine ne répond pas à ses agressions est plus simple : il a peur d'elle. Quand il a bu, il a l'impression d'avoir en face de lui un monstre, qui l'inquiète, qu'il pense ne pas pouvoir maîtriser. Il a tenté, un jour, d'en parler à ses parents, à elle. Il voulait exprimer le sentiment étrange qui le perturbait, et qui ne lui faisait pas profiter pleinement de l'ambiance des réunions familiales. Il voulait clairement évoquer devant eux le fait que leur fille était peut-être complètement dérangée, et potentiellement dangereuse. Il n'a pas eu le temps de parler, les parents lui ont coupé la parole : « Nous savons que tu es amoureux de notre fille, elle nous l'a dit, et ton attitude à son égard nous conforte dans notre conviction. Alors s'il te plaît, laisse-la tranquille, et occupe-toi mieux de tes gosses, la nôtre est en train de faire quelque chose de sa vie, pendant que toi tu végètes et tu bois… »

Le mari de ma cousine est un sale type.

Je n'ai jamais cédé à ses avances, parce que j'ai toujours trouvé qu'il sentait fort.

Mon instinct me disait de me méfier de son odeur.

Je pensais, tout simplement, que je n'avais pas envie de lui parce qu'il me dégoûtait, alors qu'en fait, c'est mon instinct de survie qui veillait en douce.

J'ai accepté de répondre favorablement aux avances du chef du secteur textile alors que cet homme n'est pas beau, qu'il ne me plaît pas, qu'il parle fort, qu'il s'habille mal, mais…

Il possède cette odeur du pouvoir qui donne un sens à ma vie.

Un mélange de transpiration et d'eau de Cologne aspergée en fin de journée.

12

Un matin, le chef du secteur textile l'a convoquée dans son bureau. Il lui a parlé comme si elle n'était qu'une simple responsable de rayon qui ne s'était jamais allongée dans le fauteuil électrique de la grosse voiture de son chef de secteur.

L'homme lui a demandé plus d'implication, plus de motivation, et une attitude franchement plus positive. Il lui a rappelé que sa nomination n'était pas une fin en soi, et qu'il avait toute latitude pour la nommer dans un autre rayon, la déplacer dans un autre secteur, la faire muter dans un autre magasin, ou la licencier.

Elle a répondu au chef du secteur textile qu'elle l'avait compris : le chef du secteur était vexé parce qu'elle avait assisté à ce que lui avait dit le directeur du magasin en public ? Alors qu'il se rassure parce que, elle aussi, avait eu droit à un instant de brimade…

– Ah bon ? C'est-à-dire ? lui demanda l'homme.

– Le directeur ne m'a pas reçue dans son bureau, le lendemain de ma nomination.

– Ça ne m'étonne pas... Méfie-toi des hommes de pouvoir... Ils en jouent...

– Et sachez que vous êtes le seul homme de l'hypermarché avec lequel j'ai passé des moments intimes.

– C'est gentil de me dire ça. Ça me remonte le moral, et sache que j'en ai bien besoin...

– Pourquoi ?

– Parce que je sens que l'on s'occupe de moi, en coulisses, et je n'aime pas ça. L'épisode de Gisèle, ça n'a pas trop plu à la direction.

– Quoi donc ? Sa mutation ?

– Non, sa nomination. Il faut admettre que je l'ai désignée responsable du rayon textile femme un peu vite, mais qu'est-ce que tu veux ? Je suis un rapide, moi, je suis de l'ancienne école, je ne suis pas un spécialiste des grandes réflexions, je suis un homme de terrain, moi, tu comprends ? Un homme de contact...

– Je comprends...

Elle apprenait, en fait. Pour la première fois de sa vie, elle ne simulait pas l'assiduité et le désir d'apprendre. Elle voulait poser mille questions pour comprendre, pour grandir aux crochets des conseils de ses patrons. Elle appréciait de se sentir moins seule, de pouvoir s'envelopper dans ces phrases rassurantes, ces mots issus du jargon d'un monde qu'elle faisait sien, ces expressions qui lui donnaient envie de traverser enfin la vie, pour tester l'enveloppe qu'elle se façonnait au contact de ces êtres qu'elle ne comprenait pas mais qui la fascinaient.

Elle ne fut pas surprise quand le chef du secteur textile lui demanda de quitter le bureau sans sourire, l'air pénétré, pour bien montrer aux autres employés qu'il avait eu avec elle une discussion de chef de secteur à un responsable de rayon. Et que cette discussion annonçait peut-être le pire, sûrement pas pour lui, peut-être pas pour elle, peut-être pour eux, les autres, ceux qui regardaient pour savoir, mais qui savaient que cela ne les regardait pas.

Le chef du secteur textile lui a dit, avant qu'elle n'ouvre la porte de son bureau : « Souviens-toi que, pour les autres, ce que l'on vient de se dire ne pèse rien. Le plus important, c'est la tête que tu vas faire en sortant d'ici. C'est à partir de ton visage qu'ils vont reconstituer notre conversation et façonner, sans le savoir, ce que tu es… On est les mêmes, tous les deux… On sait que sans ce putain de magasin, on tomberait très bas… Dans un trou noir aussi profond que celui que l'on a dans le bide… Je me trompe ? Alors déconne pas, fais-moi une jolie tronche de petite garce, mets-les à ta botte, tous ces empaffés d'employés… Tu les auras grâce à ta gueule, à ta jolie petite gueule… C'est ton meilleur capital. Le reste, j'en fais mon affaire. J'ai plus les poumons d'un nouveau-né, mais je sais encore renifler. Et dans ton cas, je renifle que le meilleur, t'entends ? Que le meilleur ! »

Le chef du secteur textile ajouta qu'il comptait sur elle pour la mise en place de l'opération fête des Pères, pour montrer à son collègue du rayon textile homme qu'elle était une vraie partenaire : « Rendez-vous ce soir, à vingt-trois heures, au magasin. On va implanter tout le catalogue fête des Pères dans l'entrée de l'hypermarché. Je te rappelle que cette zone saisonnière est un cadeau que nous fait la direction. Le rayon liquide avait demandé à pouvoir y implanter son opération Bières du monde. Je me suis battu pour obtenir cette entrée, j'ai présenté un dossier avec des chiffres, des courbes et des graphiques. Pas dans le seul but d'augmenter le chiffre d'affaires du rayon textile homme, mais surtout pour leur montrer à tous, aux autres, que je ne suis pas encore mort. Ton collègue du rayon homme n'a pas intérêt à me décevoir, je risque ce qui me reste de crédibilité dans cette histoire. Je compte sur l'implication de tous, c'est peut-être pour l'honneur, mon sort est peut-être déjà scellé, mais quitte à mourir, autant que cela se fasse au champ d'honneur, tu comprends ? Sur la surface de vente, dans l'entrée du magasin, comme un héros… Et puis, quoi qu'il arrive, ce sera bon pour toi de montrer un visage fatigué à tous les employés… Et surtout à la direction… Dans un hyper, il faut parfois savoir se faire plaindre, pour être remarqué… »

Elle a quitté le bureau du secteur textile en se demandant si elle devait informer son collègue du rayon textile homme qu'elle serait présente, le soir même, pour l'aider lors de son implantation des articles de la fête des Pères.

Elle a préféré descendre directement dans le rayon textile femme pour demander à ses trois employées si elles ne seraient pas contre l'idée de venir aider leurs collègues du rayon homme pour l'implantation du soir : « Ce sera l'occasion pour l'ensemble du rayon textile femme de montrer à tous, et surtout à la direction, que nous sommes les plus travailleuses et les plus impliquées ! »

Nadine a répondu la première d'un ton neutre : « Oui, vous pouvez compter sur moi. Travailler et être payée ou écouter mon mari déboucher ses bouteilles, je n'hésite pas longtemps… Ça ne se voit peut-être pas, mais je suis très enthousiaste… Je ne sais pas l'exprimer, peut-être parce que je dois te vouvoyer, et peut-être aussi parce que je ne suis finalement pas si enthousiaste que cela… »

Sandrine a dit : « Pourquoi pas, ce soir mon mari regarde le match de foot à la télé. Je préfère passer un bon moment avec l'équipe du magasin, surtout qu'il y aura des sandwichs, non ? »

Marilou a conclu en disant : « Mon copain est en Bretagne, c'est la bonne période pour les sardines. Alors plutôt que de rester seule dans mon studio… Même si c'est mon studio… »

Elle a quitté le magasin plus tôt que d'habitude, à dix-neuf heures. Elle est allée directement chez ses parents.

Elle a pris une douche rapide. Elle s'est essuyée devant le miroir embué. Elle ne se voyait pas mais elle se devinait, elle se transformait. Elle a aimé cette impression de s'imaginer vivante, dans le brouillard, à l'affût, prête à bondir. Elle a mis un pull bleu un peu large et franchement élimé, un vieux blue-jeans et une drôle de ceinture en plastique rose. Elle a demandé à sa mère de lui prêter ses vieilles baskets qu'elle utilise pour jardiner. Elle a attaché ses cheveux avec un ruban noir et elle est sortie de la salle de bains.

Ses parents étaient devant leur télévision. Elle leur a dit :

– D'après vous, je vais faire quoi ce soir ?

Sa mère l'a regardée et a dit :

– J'espère que tu n'as pas une soirée en ville ! Accoutrée comme tu es, tu me fais franchement honte…

Son père a continué de regarder la télévision, et il a dit :

– Laisse ta fille tranquille. On n'a pas besoin de bien s'habiller pour être jolie…

Sa mère lui a répondu :

– On voit bien que tu as perdu goût à tout. Tu ne me parlais pas comme ça quand j'avais vingt ans. Si je m'étais habillée comme ta fille est déguisée ce soir, tu m'aurais fait un tas de reproches. Et tu aurais eu raison !

Alors son père a répondu :

– Ça n'a rien à voir, toi tu es ma femme, et on parle

de ma fille. Et elle reste ma fille, même quand elle s'habille mal…

Sa mère s'est levée et a demandé à sa fille mal accoutrée :

– Mais que vas-tu faire habillée ainsi ?

– Je vais soulever des cartons au magasin, on a une implantation de nuit.

– Eh bien ! Quand tes collègues du magasin vont te croiser habillée ainsi, tu vas te faire remarquer !

– C'est bien ce que je souhaite.

– Tu veux te faire plaindre ? Après avoir été nommée chef, tu veux te faire plaindre ? Franchement, ma fille, je ne te comprends pas.

– Il faudra vous y habituer.

– Mais je n'ai aucune envie de te plaindre !

– Dans un hypermarché, on travaille parfois toute la nuit pour ne pas gêner les clients. Il faudra vous habituer à ne pas me voir certains soirs.

Son père a dit :

– Si c'est pour les clients…

Sa mère lui a répondu :

– Toi tu ne peux pas comprendre, tu ne vas jamais faire les courses au supermarché…

Elle a enfilé sa veste, et elle est partie. En fermant la porte, elle a entendu son père dire à sa mère : « En parlant de faire des courses, tu as encore oublié de m'acheter des piles pour ma lampe de poche. Quand je me lève la nuit pour aller pisser, je me cogne aux meubles du salon. J'ai la prostate en chantier, moi, tu pourrais penser à moi quand tu vas faire les courses dans l'hypermarché de notre fille ! »

J'ai toujours éprouvé le besoin de m'occuper de mes parents.

Je n'ai pour eux aucun élan affectif, aucun geste de tendresse.

Et pourtant, je m'occupe d'eux.

Je les souhaite près de moi, mais je ne suis pas sûre que leur absence me toucherait.

Je suis objectivement une fille parfaite, présente et attentive.

Alors pourquoi ?

Peut-être pour occuper dans leur cœur une place que je n'ai pas ?

Peut-être parce que ma seule crainte serait qu'ils découvrent que leur fille n'est pas celle qu'ils auraient souhaitée ?

13

Quand elle est arrivée au magasin, elle est allée garer sa voiture sur le parking des employés en cherchant une place à proximité de celle du directeur. Il était vingt heures, elle était en avance, et c'était voulu.

Devant l'entrée du magasin, le chef du secteur épicerie sucrée lui a demandé en rigolant : « C'est la nouvelle collection de ton rayon ? » Elle a souri timidement, elle a fait le geste de se recoiffer, et elle lui a répondu : « Pas du tout, je suis venue aider mon collègue du rayon textile homme. Je n'allais pas m'habiller proprement pour vider des cartons toute la nuit... »

Le chef du secteur épicerie sucrée a eu l'air surpris et lui a demandé : « Il ne peut pas se débrouiller seul ? Si la solidarité se résume à aider les autres quand ils en ont besoin, et à se débrouiller seul quand on a besoin des autres, je ne vois pas trop comment on va s'en sortir... » Elle a regardé sa montre, et elle a répondu au chef du secteur épicerie sucrée : « Mon collègue a besoin d'un peu de soutien, et c'est bien normal que je sois là. Dans les moments difficiles il faut s'aider, nous faisons partie du même secteur. En ce moment, les chiffres de son rayon ne sont pas très bons, il a besoin qu'on lui remonte le moral... »

Le chef du secteur de l'épicerie sucrée l'a regardée longuement avant de lui répondre : « Toi, tu n'auras pas mis longtemps pour tout comprendre... Tu n'es pas venue pour aider, mais pour faire passer un message... non ? Ne me réponds pas, on fait tous pareil... »

Elle a salué le chef de secteur, et elle est partie en direction de l'accueil du magasin. Le vigile lui a fait un signe. Elle s'est approchée, et l'homme lui a dit :

– Vous comptez aller où ?

– Vous ne me reconnaissez pas ? lui a-t-elle répondu en lui montrant son badge.

– Merde ! Au temps pour moi. Je suis désolé. Mais habillée comme ça, j'ai pensé à tout, sauf à une employée du magasin. On vous repère de loin, et mignonne comme vous êtes, c'est du gâchis...

– Je suis venue aider mon collègue du rayon textile homme...

– Je comprends ! C'est rapport à l'implantation de nuit, je suis au courant, c'est moi qui suis de garde.

– De garde ?

– Ouais, c'est un rayon à surveiller, y a trop de vols, j'ai des consignes.

– Bon, eh bien, bonne soirée...

– Ouais, et bon courage à vous... Je le dirai à mes

potes de la sécu, que vous êtes une chic fille. Si un jour vous avez un 'plème, hésitez pas, demandez Boris.

Elle a salué le vigile, et elle est allée à la rencontre de la responsable du rayon parfumerie qui semblait donner ses directives concernant les parfums qui allaient être vendus à l'occasion de la fête des Pères. Elle a attendu que la responsable du rayon parfumerie la repère. Le regard distrait de la femme est devenu insistant quand elle a remarqué la tenue choisie par sa collègue du rayon textile femme.

– Mon Dieu, tu vas où, habillée comme ça ?

– Je vais aider les employés du rayon textile homme, et c'est pour cela que je viens te voir...

– Tu veux des conseils vestimentaires ?

– Non. Mais je souhaite offrir un parfum plutôt qu'un vêtement à mon père, à l'occasion de la fête des Pères.

– C'est ton droit.

– Je ne voudrais pas que l'on puisse penser que je viens aider le responsable du rayon textile homme par intérêt, en espérant obtenir de sa part une remise ou un geste commercial. Donc, plutôt que d'acheter un pull, ce sera un parfum.

La responsable de la parfumerie lui a souri franchement, puis lui a répondu qu'elle n'avait qu'à venir le lendemain sur le rayon.

– Je te présenterai nos offres, mais comme tu es nouvelle ici, tu ne sais peut-être pas tout. Sache qu'il est totalement interdit de s'accorder des remises entre responsables du magasin. C'est un motif de licenciement.

– Tu fais bien de me le dire. Je vais prévenir mon collègue du rayon textile homme.

– C'est inutile, c'est un ancien du magasin, il doit bien connaître cet détail du règlement intérieur.

– Alors pourquoi m'a-t-il demandé de lui accorder une remise sur un article du textile femme à l'occasion de la fête des Mères ?

– Il t'a demandé ça ?

– Oui. Il voulait offrir un vêtement à sa maman.

– Et tu lui as accordé cette remise ?

– C'était la veille de ma nomination, à l'époque j'étais encore stagiaire. J'ai dit à la caissière de lui enlever 10 % sur le prix indiqué d'une nuisette.

– Mon Dieu, comme c'est horrible.

– C'est-à-dire ?

– Mais c'est un scandale d'avoir abusé de toi de la sorte.

– C'est si grave ?

– Mais tu ne te rends pas compte qu'avec une histoire pareille, tu peux très vite devenir un exemple !

– Un exemple ?

– Bien sûr ! Tu devrais en parler à ton chef de secteur, sans attendre.

– Non, je ne préfère pas. Je ne veux pas que le responsable du rayon textile homme soit menacé.

– Ta sollicitude t'honore, mais moi, à ta place, je me couvrirais…

Puis, la responsable de la parfumerie a conclu :

– … Bon ! Eh bien à demain ! Afin que nous choisissions ensemble le parfum à offrir à ton papa…

À vingt-deux heures, le responsable du rayon textile homme et son équipe l'ont aperçue. Le responsable lui a demandé ce qu'elle faisait là. Elle lui a répondu que c'était le chef du secteur textile qui lui avait demandé de venir les aider pour l'implantation des articles concernés par l'opération promotionnelle du catalogue de la fête des Pères. Le responsable du rayon textile homme lui a rétorqué : « Il aurait pu me le dire ! »

Alors elle lui a dit que s'il ne pensait pas sa présence utile, il suffisait d'aller en parler à leur chef de secteur. Le responsable du rayon textile homme changea de ton et lui répondit : « Non, non. Au contraire. Et, comme le veut le dicton : à charge de revanche ! »

Le chef du secteur textile arriva un peu avant vingt-trois heures. L'homme se plaça face à toute l'équipe et dit : « Vous pouvez dire merci à notre nouvelle responsable du rayon textile femme d'être là. Malgré la fatigue causée par l'installation et l'organisation de l'opération fête des Mères, elle a proposé de venir nous aider, et j'ai accepté. J'ai accepté parce que je pense que la cohésion d'un secteur passe par notre volonté à tous. Si vous avez envie que l'ambiance entre les rayons soit bonne, vous savez ce qu'il vous reste à faire. La responsable du textile femme, aujourd'hui, vous montre comment un responsable de rayon doit se comporter. Suivez cet exemple et nous aurons le secteur le plus soudé, le plus solidaire et donc le plus performant de tout le magasin ! »

Le chef du secteur textile s'est ensuite approché d'elle. Il avait un plan dans les mains. Il lui a demandé : « Que penses-tu de ce projet d'implantation ? Moi, j'y vois un défaut... Et toi ? »

Elle a regardé le plan. C'était la première fois qu'elle en voyait un. Il y avait des carrés de couleur qui symbolisaient intelligemment les différentes familles de produits, et des mentions qui répertoriaient les articles à présenter, qui étaient disséminés sur un quadrillage qui représentait les gondoles de l'entrée du magasin. Des chiffres inscrits dans des cercles de couleur rouge, affectés à chaque famille, dessinés en marge de grands rectangles noirs, donnaient les quantités concernées par l'implantation et les stocks prévus pour les futurs réassortiments.

Le plan était clair, parfaitement élaboré, sans rature et d'une logique implacable. Certains choix étaient corroborés par des données chiffrées issues de statistiques des précédentes implantations. Les indications fournies étaient simples et pertinentes. Mais elle n'y comprenait rien. Alors, elle a froncé les sourcils comme si un détail venait d'attirer son attention. Elle a continué de regarder le plan, longuement, tout en gardant le silence, en attendant que quelque chose se passe. Après quelques minutes, le chef du secteur textile a récupéré le plan, puis il a dit : « Ton silence t'honore. Tu ne veux pas mettre en porte-à-faux ton collègue de travail, c'est compréhensible. Tu n'oses pas dire ce qui est évident parce que tu es trop gentille. Cette attitude est acceptable aujourd'hui, car tu es jeune dans le métier, mais à l'avenir, écoute bien mon conseil : sois plus dure et moins sensible, et tu sais pourquoi ? Pour le bien de l'enseigne… »

Le chef du secteur textile s'est ensuite adressé à l'ensemble de l'équipe : « Voilà ce que l'on va faire : je vais jeter ce plan. Et on va partir d'une feuille blanche. À l'instinct. Comme à la grande époque, quand on n'avait que nos bras et notre logique pour transformer des gondoles en ferraille posées dans une entrée magasin en cathédrales promotionnelles. C'est bien beau de maîtriser l'outil informatique, encore faut-il avoir un minimum de sens commercial. Alors je vais demander à toute l'équipe du rayon textile homme d'aller en réserve pour ramener les palettes de produits dans l'allée. Et quand vous aurez fini, vous nous appellerez. Nous, on sera en salle de pause, pour boire un café bien mérité. Je vous rappelle que nous sommes venus vous aider, mais faudrait pas confondre assistance et assistanat ! »

Toute l'équipe du rayon textile femme a suivi le chef du secteur textile. Après avoir gravi l'escalier qui mène à l'étage, ils ont traversé la coursive. Nadine et Sandrine se sont arrêtées aux toilettes réservées aux employés du magasin, et les autres se sont installés dans la salle de pause.

Minuit approchait. Le magasin était calme. Le son grinçant des néons et l'ambiance étrange et oppressante, quand on était habitué au vacarme des journées, avaient transformé le bâtiment en un vaisseau spatial prêt au décollage. Elle pensait au sien, de décollage, à cette mise en orbite si rapide, qui lui faisait l'effet de changer de dimension.

Le chef du secteur textile a choisi un café avec plein de sucre, et il a demandé à sa responsable du rayon textile femme de l'accompagner sur la coursive, celle qui domine les quinze mille mètres carrés de surface de vente, et qui mène aux toilettes réservées aux employés du magasin, à la cantine, à la salle de pause et aux bureaux de la direction.

À cette hauteur, ils pouvaient assister au ballet des employés du rayon textile homme qui apportaient les cartons de produits et qui repartaient, le dos voûté, en soufflant, en direction de la réserve.

L'impression oppressante ressentie précédemment avait disparu, peut-être grâce à la présence rassurante du chef de secteur.

L'homme savoura une gorgée de café, puis il lui confia ceci : « On oublie vite que d'ici on entend et on voit tout... La coursive, c'est ce qui permet au capitaine du navire de surveiller ses ouailles. L'attitude d'un employé, c'est la première chose que l'on juge pour estimer sa motivation et son implication. Même les petits malins, ceux qui pensent que la simulation est un réflexe pathétique, ne compensent jamais par le travail une attitude non positive. Monopoliser son énergie, pour traduire par l'expression son implication, c'est enclencher la machine, quel que soit le niveau d'efficacité initial. Entre deux attitudes, positive ou neutre, notre choix est vite fait ! Je ne connais pas un cadre de l'hypermarché qui ne fasse pas une halte sur cette coursive pour sentir l'atmosphère du magasin, réfléchir avant de prendre une décision stratégique importante et, le plus souvent, surprendre un employé les bras ballants, sans occupation... Dans une attitude franchement négative. Oui, c'est une certitude, on ne peut pas connaître les gens sans les prendre de haut... »

Le chef du secteur textile venait de lui donner une information supplémentaire sur ce qui constituait le cœur même du fonctionnement du magasin : garder à l'esprit, même dans les moments de solitude, qu'il était plus important de simuler le labeur, que d'être convaincu de son utilité.

Elle a osé demander au chef du secteur textile : « Et au-dessus de cette coursive, il y a une autre coursive ? »

Le chef du secteur textile a rigolé très fort et lui a répondu : « Non ! Au-dessus c'est le grand vide... Mais je te rassure, entre lui et nous, il y a un toit, construit dans un alliage très solide... Alors comme tu vois, sur cette coursive, on ne risque rien... On ne risque pas d'être jugé... »

Le chef du secteur textile lui révéla également ceci :

– J'ai appris à vingt heures que j'étais muté à cinquante kilomètres d'ici. Dans un magasin trois fois plus petit. Mais ce n'est finalement pas une mauvaise chose, je serai moins surveillé. Et tu sais ce que cela veut dire ?

Elle a continué de regarder les employés du rayon homme qui ne pouvaient s'empêcher de ralentir la cadence, puisqu'ils avaient oublié que le chef du secteur textile les surveillait du haut de la coursive, et elle a répondu :

– Cela veut dire que l'on ne se verra plus ?

– Mais pas du tout ! lui a répondu le chef du secteur textile.

– Je vais faire quoi, moi, sans vous ?

– Tout ira bien...

– Je ne connais aucune ficelle du métier. Je n'ai aucune passion pour les articles que j'accroche en magasin. Je serais incapable de concevoir le plan que vous avez déchiré et je pense que, même avec un plan, je serais perdue… J'ai été nommée responsable de rayon, soit, mais sur quels critères ? Je tente des choses, je lance des pistes, je m'amuse à décliner ma personnalité en fonction des gens que je côtoie, mais fondamentalement, je n'ai aucune expérience du métier de responsable de rayon et franchement pas très envie d'en savoir plus.

– Tout se passera bien… À condition que tu me fasses confiance. Il faut que nous gardions contact. Je pars parce que je dérange, mais ils me conservent au sein de l'enseigne car ils ont encore besoin de moi. Me licencier coûterait trop cher au magasin et décrédibiliserait l'image des anciens, ceux qui ont contribué à faire connaître l'enseigne. Cette mutation est une sanction ? Moi, je la vis comme une opportunité. En fait, ils ne le savent pas, mais je reste ici. À travers toi…

– À travers moi ?

– Parfaitement. Et arrête de me vouvoyer, puisque, dans pas longtemps, on sera associés…

– Associés ?

– Oui… Pour le meilleur et pour le pire…

Elle a demandé au chef du secteur textile quand il ne serait plus là, quand sa mutation deviendrait effective ; elle avait besoin de se préparer, d'envisager le vide qui ferait suite à ce départ. L'homme lui a répondu :

– Je te le dirai ce soir, après l'implantation. On partira ensemble, et je t'expliquerai notre future stratégie…

Un des employés du rayon textile homme est venu les informer que les palettes avaient été disposées dans l'allée centrale.

Le chef du secteur textile et les employées du rayon textile femme ont tous pris la direction de l'entrée du magasin. Ils ont traversé la coursive d'un pas rapide puis ils ont descendu l'escalier pour rejoindre les quatre employés, et les deux stagiaires du rayon textile homme, qui attendaient tranquillement, les bras croisés, devant les palettes des produits à implanter.

Le responsable du rayon textile homme a demandé au chef du secteur textile s'il pouvait enlever sa cravate. Le chef du secteur textile lui a répondu : « Bien sûr, voilà bien une question inutile. Un vrai chef ne poserait pas une question aussi inutile… Il faut être à l'aise quand on fait de la manutention, et oublier ses codes vestimentaires de petit-bourgeois, ou de cadre ambitieux au vestiaire… Je porte une cravate moi ? Bien sûr que non. Je suis en pantalon de toile et en chaussures usées, je ne fais pas le fier. Je me mets à votre niveau. Il n'y a plus de chef, il n'y a qu'un collègue de travail. Alors, si tu as gardé ta cravate en pensant que cela me ferait plaisir, tu t'es encore trompé. Faire plaisir à son chef, c'est plus compliqué que ça… Ta collègue du rayon textile femme a bien compris, elle, ce qui pouvait me faire vraiment plaisir… »

« Ça, j'en doute pas… », avait marmonné le responsable du rayon textile homme. Sa réflexion ne fut pas entendue.

Le chef du secteur textile s'est ensuite adressé à la responsable du rayon textile femme : « Bon, et si on commençait par installer les pantalons ? Ça permettra de bien situer les broches en hauteur, non ? Quand on part du bas, on a plus de chances d'arriver en haut... Faire l'inverse, c'est parfois risqué... » Elle a répondu au chef du secteur textile qu'elle trouvait cela judicieux. Ils commencèrent à répartir les tâches de chacun sans se soucier du responsable du rayon textile homme.

Ce dernier a commencé à travailler comme un simple employé, sans rien dire, en appliquant les consignes. Les employés du rayon textile homme venaient la voir pour lui signaler à quel moment leurs tâches étaient accomplies. C'est elle qui communiquait au chef du secteur textile l'état de réalisation des étapes de l'implantation. Le responsable du rayon textile homme était silencieux. Il ne donnait aucune directive.

Quand la grande horloge de l'hypermarché a indiqué bruyamment, en raison du silence anormal, trois heures du matin, le responsable du rayon textile homme a proposé d'aller chercher des sandwichs pour tout le monde. Le chef du secteur textile lui a dit que c'était le genre d'initiative qu'il aurait dû prendre depuis longtemps.

À cinq heures du matin, ils avaient terminé l'implantation de tous les articles prévus sur le catalogue de la fête des Pères. Tous les cartons vides avaient été jetés, les chariots évacués et l'entrée du magasin parfaitement rangée.

Un des employés du rayon textile homme s'est soudainement écrié : « Cinq heures pile ! Comme l'an dernier ! » Et un autre a ajouté : « J'ai même l'impression qu'on a disposé la gamme comme d'habitude. Les chemises en haut, les pantalons en bas, les chaussettes à côté des chaussures. Finalement, c'est pas si compliqué le commerce... Suffit d'être logique, non ? »

Le chef du secteur textile leur a dit qu'il était content de leur travail et de leur implication. Il leur a conseillé d'aller se reposer, parce qu'il faudrait être présent à l'ouverture du magasin. Ils sont tous partis, et le chef du secteur textile s'est approché d'elle : « Il faut trouver une idée pour marquer de ton empreinte cette entrée de magasin... »

Elle a demandé si tout cela n'était pas trop dur envers son collègue du rayon textile homme. Le chef du secteur textile lui a répondu : « Il ne te reste pas quelques nuisettes roses de l'opération fête des Mères ? » Elle lui a répondu que oui, et qu'elle avait bien suivi ses conseils, c'est-à-dire de disposer les cartons invendus sur une palette filmée, bien rangée à quatre mètres du sol, dans la réserve, et d'attendre les soldes pour faire oublier ce raté. Le chef du secteur textile lui a dit : « On va aller chercher cette palette et on va disposer ces nuisettes en entrée du rayon. Demain, avant l'ouverture, tu iras demander au service publicité un panneau. Tu leur demanderas d'écrire ça… »

Le chef du secteur textile lui a donné un morceau de papier sur lequel il avait griffonné quelques mots. Elle a mis le papier dans la poche de son vieux blue-jeans, et l'homme lui a dit : « Tu apprendras qu'il faut toujours cacher ses échecs et les utiliser pour décrédibiliser les autres. Peut-être pas pour le magasin, mais pour son propre compte. Souviens-toi de ce que l'on devrait nous apprendre à l'école : on ne grandit jamais seul, on grandit au détriment des autres… »

Le chef du secteur textile a souri en lui caressant la joue, et lui a dit : « Tu ne vas pas beaucoup dormir, toi… Et puis, fringuée comme tu l'es, on a vraiment envie de mieux te connaître, de savoir ce qui se cache sous tes haillons… Hein ? Petite salope… » Elle a hésité, elle aurait aimé lui répondre, mais l'homme était déjà concentré sur autre chose, autre chose de moins abstrait que l'éventuelle réponse qu'elle était prête à lui fournir. Ils sont allés chercher la palette sur laquelle étaient posés les cartons contenant les invendus de la fête des Mères, et elle a oublié qu'elle avait éprouvé le besoin de peut-être se confier.

Ils ont implanté ensemble la centaine de nuisettes roses. Elle était bien, elle était sereine et se pensait protégée. Elle ne comprenait pas trop la stratégie du chef du secteur textile, mais elle aimait cette sensation de se laisser porter. Il était presque six heures du matin, ils étaient seuls et complices et, dans quelques minutes, elle serait dans ses bras. Elle fut convaincue, à cet instant, que cet homme ferait partie de sa vie, indubitablement.

Je tente de remplir la poche, que je suis, en m'inspirant des autres, de ceux qui ont le pouvoir. Il faut que je me sente acceptée dans l'intimité de ceux qui ne m'auraient jamais adressé un regard, avant.

14

À sept heures du matin, elle est passée chez elle pour se changer. Elle a caché sous la crème du rayon parapharmacie les cernes de ses yeux. Elle s'est regardée de près dans le miroir, elle a souri, elle ne s'est pas reconnue. Alors elle s'est retournée, et son ombre projetée sur le sol l'a rassurée. Elle a quitté son appartement, entraînant sa lassitude dans un élan de curiosité. Les prochaines heures allaient lui apporter de nouvelles révélations, son apprentissage se poursuivait, et elle oubliait la fatigue.

Elle est arrivée au magasin une demi-heure avant l'ouverture.

Le responsable du rayon textile homme était déjà là, dans le grand hall d'entrée du magasin. Il discutait avec le responsable des ressources humaines. Son attitude était totalement différente de la veille. Il avait un regard assuré, une voix calme. Il se tenait bien droit, avec une certaine assurance. Les brimades de la soirée avaient été vite digérées.

Elle s'est approchée des deux hommes pour leur serrer la main. Le responsable du rayon textile homme lui a dit : « Notre chef de secteur m'a mis au courant pour les nuisettes. C'est une bonne idée. Et si cela peut t'aider à les vendre... »

Le responsable des ressources humaines a regardé sévèrement la responsable du rayon textile femme, et lui a demandé : « Ne s'agit-il pas de ces fameuses nuisettes de la fête des Mères ? Celles pour lesquelles tu te plaignais qu'il manque un carton ? Tu peux dire merci à ton collègue du rayon textile homme de t'aider à les vendre ! »

Elle n'eut pas le temps de répondre. Le chef du secteur textile interrompit l'échange d'un tonitruant : « Bonjour à vous tous ! Et alors ! On ouvre les portes du magasin dans quinze minutes et le responsable du rayon textile homme discute tranquillement ? Tu as fait le tour de ton rayon ? Tu as anticipé la mise en avant des cartons de réassort si les ventes démarrent mieux que l'an dernier, ce qui ne sera pas difficile... Tu as vérifié que tes employés étaient bien présents, à leur poste, prêts au combat ? »

Le responsable du textile homme a répondu : « Bien sûr, bien sûr », et il est parti d'un pas rapide vers son rayon. Il est passé devant les gondoles déjà fréquentées par quelques chefs de secteur prêts à donner leur avis au directeur, et il a traversé le magasin en utilisant la démarche dynamique de ceux qui ont de l'expérience, la démarche de ceux qui savent que la valeur perçue n'attend pas le nombre des allées.

Le chef du secteur textile s'est frotté les mains et a demandé au responsable des ressources humaines : « Elle t'a dit, au sujet des nuisettes ? » Le responsable des ressources humaines lui a répondu que : « ... c'était justement l'objet de la discussion avant que tu nous interrompes de façon intempestive... Mais bon, je te connais, c'est ce qui fait ton charme, tu es un agité, comme on dit, un impulsif... Tu aimes que cela aille vite, pour toi, et pour quelques autres... » Le chef du secteur textile a dit : « C'est à mon initiative que nous avons, au moment de la fête des Mères, mis de côté quelques nuisettes. J'avais envie de tester une idée publicitaire pendant la fête des Pères. Tu me donneras ton avis... »

Le chef du secteur textile s'est ensuite tourné vers elle : « Tu t'es occupée de notre idée d'affiche ? » Elle lui a répondu que l'affiche était prête, et qu'il n'y avait plus qu'à l'accrocher. Le chef du secteur textile lui a rétorqué : « Va demander à ton collègue du rayon textile homme de le faire. C'est son opération fête des Pères, après tout ! »

Le magasin a ouvert ses portes à huit heures trente, comme d'habitude. Tout le monde était à son poste, les vigiles le micro branché, les employés les bras chargés, et les responsables de rayon attentifs aux remarques de leur chef de secteur.

Le responsable des ressources humaines a vu l'affiche à l'entrée du rayon textile femme. Il est venu féliciter la responsable, sincèrement, presque avec soulagement, en lui disant qu'il ne regrettait pas de lui avoir fait confiance. L'homme lui a dit qu'il était maintenant rassuré, car il avait craint que cette histoire de nuisettes n'ait des répercussions plus diaboliques que prévu.

Le directeur de l'hypermarché est là également, il va commencer sa tournée quotidienne, entouré de tous les chefs de secteur. Quand il arrive devant l'affiche, celle qui est accrochée au-dessus des nuisettes, un léger sourire vient accentuer son charme indéniable. Il demande à un employé de lire le texte à haute voix : « Pour que tout le monde entende ! » ajoute t-il.

MESDAMES, FAITES PLAISIR À VOTRE MARI,
ON VOUS GÂTERA !
POUR TOUT ARTICLE DU RAYON TEXTILE HOMME ACHETÉ,
DANS LE CADRE DE LA FÊTE DES PÈRES,
UNE NUISETTE POUR MADAME EN CADEAU !
DANS LA LIMITE DES STOCKS DISPONIBLES.

Le directeur du magasin a vite stoppé un début d'applaudissement qui ne semblait pas, effectivement, d'une sincérité absolue : « Que ceux qui pensent que c'est une bonne idée ne lèvent pas la main. Car vous avez devant vous la preuve d'un raté et non une idée positive... » Le directeur du magasin a ensuite demandé à tous les chefs de secteur de rejoindre leurs rayons parce que aujourd'hui la visite du magasin serait écourtée, puis il s'est approché de la responsable du rayon textile femme pour lui dire ceci :

– Les idées d'un chef de secteur dépassé, destinées à masquer ses incompétences, ne m'impressionnent pas. Ce que j'attends de toi ce sont des actions concrètes, innovantes et qui soient rentables pour le magasin. Refourguer des nuisettes invendables en faisant croire à la clientèle que c'est un cadeau, et à sa hiérarchie que c'est stratégique, c'est pathétique. C'est une perte sèche pour le magasin, il aurait été plus judicieux de faire remonter l'information à la centrale d'achats afin qu'elle ne commette pas, à l'avenir, la même erreur.

– Je comprends. Mais comment saviez-vous ?

– Le management ce n'est pas la science de motiver les individus mais d'identifier le plus rapidement possible ceux qui travaillent non pas pour l'intérêt général mais pour leur propre profit. Et une fois qu'ils sont identifiés, il faut avoir le courage de les éloigner, sans que cela coûte cher à l'entreprise.

– Vous comptez m'éloigner ?

– Pas toi, mais j'aimerais que tu éloignes ta voiture de la mienne quand tu te gares sur le parking. Je n'aimerais pas que tu rayes ma carrosserie en ouvrant ta portière.

– Je suis désolée...

– Je sais que tu travailles beaucoup, le coup de la voiture laisse-le à ceux qui veulent cacher quelque chose, à ceux qui veulent se faire passer pour ce qu'ils ne sont pas. Si je n'avais pas confiance, si je doutais de ta motivation, je ne consacrerais pas une seule minute à te parler. Et d'ailleurs, pour te la prouver, ma confiance, je vais te mettre à l'épreuve.

– À l'épreuve ?

– Oui. À l'épreuve. Sauf si tu me dis que tu veux rester indéfiniment responsable du rayon textile femme, ce qui serait, en l'absence de diplômes probants, déjà un exploit.

– C'est-à-dire que… Je viens d'être nommée…

– Je ne compte pas remettre en question cette nomination, ne dit-on pas que la valeur n'attend pas le nombre des années ? Et peut donc se passer de diplômes…

– Je n'ai effectivement que vingt-deux ans.

– J'ai trouvé ton initiative très intelligente.

– Mon initiative ?

– Oui, celle de renvoyer le carton de nuisettes… Ne sois pas surprise ; tu penses bien que ce genre de flux ne pouvait passer inaperçu très longtemps à mes yeux. Mais bon, c'était bien vu… La centrale d'achats ne pouvait rien te reprocher, puisque c'était mettre le doigt sur leur propre manquement, celui d'avoir sélectionné un produit proposé gratuitement chez un concurrent. D'un autre côté, tu condamnais ton chef de secteur, coupable de n'avoir pas identifié l'offre de l'autre magasin et, évidemment, la responsable du rayon textile femme, qui a prouvé lors de cette fête des Mères qu'elle n'était qu'une banale exécutante.

– Je vous assure que ma démarche ne répondait à aucune stratégie. J'ai fait ça sans réfléchir...

– Tu me déçois...

– C'est vrai que j'ai fait remonter l'information auprès de la centrale d'achats, et vous venez de me dire que c'était, selon vous, la seule bonne initiative à prendre... Mais je vous assure que je ne souhaitais pas que cette pauvre Gisèle se fasse muter à la station de lavage. Cela faisait partie des possibilités, mais je ne le souhaitais pas...

– Je te rassure, c'est moi qui le voulais.

– C'est vous ?

– J'avais accordé un délai d'un mois à ton chef de secteur pour la faire muter. Il a sauté sur l'occasion, si tu veux bien me permettre cette expression. Ton histoire de carton manquant leur a facilité la vie, à lui et au responsable des ressources humaines. Gisèle est une bonne employée, mais sa nomination au poste de responsable du rayon textile femme répondait, à l'époque, à des motivations, disons, trop subjectives... Je n'ai en fait qu'un reproche à te faire.

– Je vous écoute.

– Tu n'as pas respecté la voie hiérarchique, celle qui

consiste à faire remonter les informations, d'abord à son supérieur immédiat.

– Si je l'avais fait, Gisèle serait, à l'heure qu'il est, toujours en poste... Puisque mon supérieur hiérarchique, à l'époque, c'était elle...

– Je vois que tu comprends vite.

– Je ne sais pas si je comprends vite, mais j'entends bien.

– Et tu vas me faire croire que tu n'avais pas dans l'idée de prendre la place de Gisèle ?

– Je vous le promets. Depuis que je suis dans ce magasin, je me sens portée. Et c'est bien la première fois que cela m'arrive. Je vous dis à vous ce que je ne m'avouerais pas à moi-même. Je pense que c'est peut-être parce que j'ai su comprendre les règles de fonctionnement qui sont à la disposition de tout le monde. Je ne fais rien de mal, je ne me force pas à ne pas avoir d'états d'âme, et j'écoute, et je regarde. Pour l'instant, tout tourne autour de moi de manière favorable, mais je n'en voudrais pas au destin que ce qui m'arrive ne m'arrive plus, puisque je suis convaincue d'une chose : je ne mérite pas plus qu'un autre ce qui m'arrive, mais ce qui m'arrive je ne le dois à personne...

– J'ai du mal à croire que la candeur puisse faire gravir aussi vite les échelons hiérarchiques...

– Je ne vous dis pas que je ne prends pas goût à jouer avec les circonstances, mais je n'ai rien à me reprocher.

– Les reproches, c'est à moi de les faire.

– Vous vouliez me mettre à l'épreuve…

– Oui… Tu sembles sensible aux problèmes de stocks, et justement, il y a un souci de stock au secteur textile.

– Je ne le savais pas… Le chef du secteur ne m'a rien dit.

– Le niveau moyen du stock de l'ensemble du secteur textile est trop élevé. La raison en est simple : on se retrouve avec ce que l'on appelle, dans notre jargon, des doublons…

– Des doublons ?

– Oui, des doublons. Je te donne un exemple. Le rayon textile femme et le rayon textile homme vendent une marque très connue de blue-jeans dans des tailles et des coupes identiques.

– Pourquoi le chef du secteur textile n'y a pas remédié ?

– Parce que je le soupçonne de trouver un intérêt à cela…

– Un intérêt ?

– Certains secteurs, comme celui du textile, ont le droit de commander en direct chez quelques fournisseurs afin de répondre à une demande spécifique liée à notre emplacement géographique et à notre saisonnalité commerciale. Le problème, c'est que certains fournisseurs savent très bien manœuvrer pour vendre deux fois les mêmes articles à deux rayons différents…

– En l'occurrence, le rayon textile homme et le rayon textile femme.

– Et, pour encourager ces doublons, les fournisseurs sont prêts à distribuer des petits cadeaux…

– Des petits cadeaux ?

– Oui. Des petits cadeaux. Un acheteur, dans un hypermarché, a beaucoup de pouvoir car les potentiels de vente sont très importants, et donc les opportunités d'achat très séduisantes. Pour orienter ce pouvoir, dans leur sens, certains fournisseurs n'hésitent pas à consentir, disons, certains encouragements, disons, financiers.

– Je crois comprendre.

– Je sais que tu comprends vite…

– Le problème des doublons des rayons textile homme et femme sera réglé demain.

– J'en suis convaincu. Mais sois gentille. Pas un mot à ton chef de secteur.

– Vous pouvez compter sur moi. Vous avez été discret concernant le carton de nuisettes, je le serai concernant les doublons.

Le directeur du magasin a quitté le rayon textile femme. L'homme était déjà loin d'elle, alors elle a hésité. Pas longtemps. Elle a couru vers le directeur et, dans un souffle, elle s'est permis de lui demander :

– Je peux vous poser une question ?

– Je t'écoute, mais fais vite. Nous parlons depuis un peu trop longtemps. Tous les regards sont posés sur nous. C'est peut-être bon pour toi, mais pas pour moi.

– Je voulais savoir…

– Je t'écoute.

– Je voulais savoir pourquoi vous ne m'avez pas reçue, hier matin, malgré votre convocation.

Le directeur du magasin s'est approché d'elle. Il l'a regardée quelques secondes, il a souri, il s'est penché vers son joli visage, il est resté quelques secondes le nez tout proche de son cou, et il lui a dit : « Dans mon bureau, je ne reçois que des femmes qui sentent bon… »

Je pense que le directeur du magasin ne m'a pas crue. Maintenant il a de moi l'image d'une personne opportuniste et ambitieuse. C'était une erreur de vouloir me justifier. Les gens de pouvoir apprécient la volonté réelle d'éloigner les rivaux, ils revendiquent la haine de l'autre. J'aurais dû assumer ce qui m'arrive. J'aurais dû reconnaître la manipulation. Même si tout cela n'est pas vrai.

Je me sens si peu responsable de ce que je vis.

15

Les deux employées présentes du rayon textile femme sont fatiguées. Leur responsable ne leur en veut pas de ne pas être enthousiastes, alors elle leur dit à chacune : « Je vous promets des changements pour bientôt. Vous avez été celles qui m'ont soutenue, je saurai m'en souvenir… »

Nadine lui a répondu : « C'est bien beau ces belles paroles, mais ça ne remplace pas un oreiller… »

Alors elle a demandé à Nadine de rentrer chez elle.

La petite Marilou, qui regardait tristement partir sa collègue, allait se retrouver seule sur le rayon textile femme pendant trois heures, avant l'arrivée de Sandrine.

Alors elle a dit à Marilou : « Maintenant que tu es seule, tu es responsable de la bonne tenue du rayon textile femme. Si je te sanctionne, parce que le rayon est mal rangé ce soir, tu iras faire tes reproches à Nadine. Car c'est à cause de son insolence que tu te retrouves seule. Je n'accepterai aucune remarque, aucune jérémiade. Et si je dis tout ça, c'est pour ton bien. Souris, sois positive, dis-toi que l'on te regarde. Méfie-toi de tout le monde, méfie-toi des caméras qui soi-disant cherchent à pister les voleurs, méfie-toi de tes collègues, qui pourraient laisser penser que tu ne fais rien. Et puis surtout, méfie-toi de moi… »

Ensuite, elle est allée au rayon parfumerie pour acheter du parfum. La responsable est derrière son comptoir. Elle explique les détails de l'opération fête des Pères à une animatrice qui doit passer quinze jours sur le rayon aux frais d'un fournisseur.

Les deux femmes se ressemblent. Elles sont très soignées, les vêtements sont plus fragiles que ceux que portent les employés qui travaillent en réserve, la chevelure est ample et donc peu adaptée au travail en réserve, et elles portent toutes les deux des chaussures à talons.

– Tu souhaites donc offrir un parfum à ton papa ?

– J'ai changé d'avis. Je vais lui offrir des piles.

– Des piles ?

– Oui, à cause de sa prostate. Il se cogne aux meubles du salon.

– Je ne suis pas sûre de tout comprendre… Malgré mon expérience…

– Ce n'est pas grave. Qu'est-ce que tu as de mieux comme parfum pour femme ?

– Ça dépend qui va le porter…

– Ça va être facile à trouver, le parfum que je souhaite acheter est pour moi.

– Pour toi ?

– Oui, je voudrais me faire plaisir. Je voudrais m'offrir un parfum.

– J'ai quelques grands parfums, soit, mais pour s'exprimer il faut que la fragrance trouve sa peau. N'est-ce pas Mathilde ? Je te présente Mathilde, qui va travailler sur le rayon pendant deux semaines.

Mathilde a dévisagé longuement la jeune responsable du rayon textile femme, avant de poser brutalement sur son visage un sourire façonné par vingt ans d'expérience dans l'animation commerciale : « Quand on achète un parfum, on s'approprie un univers. On veut se révéler, et révéler aux autres sa personnalité, son moi profond. Le parfum est un révélateur, et à chaque femme correspond un parfum idéal… »

La jeune responsable du rayon textile femme a répondu ceci à Mathilde : « Je n'ai pas besoin de conseils de ce genre, mais d'indices. » Alors, l'animatrice est restée sans voix.

C'est la responsable du rayon parfumerie qui a répondu :

– Des indices ? Quels indices ? Nous ne te comprenons pas.

– Par exemple, parmi les salariés du magasin, tu as bien des hommes qui t'achètent des parfums, pour leurs femmes, ou leurs copines…

– Oui, bien sûr, et alors ?

– Eh bien, quel est le parfum qui a le plus de succès ?

– Je ne saurais te dire… Le choix est si vaste.

– Réfléchis un peu…

– C'est difficile à dire. La responsable du rayon son et télévision achète tous les deux mois *Auréole*, de Balzin, un parfum très classique. Le chef du secteur épicerie salée a offert récemment à sa femme, à l'occasion de la fête des Mères, *Fusiole*, de Lampin, un parfum musqué. Le chef de caisse est venu avec sa femme et ils ont choisi *Flash*, de Rutok, un parfum discret mais légèrement épicé. Comme tu vois, c'est assez varié.

– Et le directeur ?

– Quoi, le directeur ?

– Eh bien, le directeur du magasin, il ne t'achète pas de parfum ?

– En fait…

– Alors ?

– Je ne vois qu'un parfum à te conseiller.

– Lequel ?

– *Alliance numéro 7*, de Kapitol.

– Eh bien voilà, on s'est enfin comprises… Et je vais te faire confiance, je vais prendre un flacon de *Numéro 7*.

– Tu ne veux pas l'essayer avant ?

– C'est inutile.

– Vous devriez l'essayer avant, pour être bien sûre que votre peau et votre personnalité s'adaptent à ses fragrances…

Mathilde, l'animatrice qui venait de donner son avis, fut interrompue sèchement :

– Je compte bien le vérifier, mais à ma manière...

– Mais enfin, le parfum révèle ce que l'on cache, et peut-être que ce que vous cachez ne s'accorde pas à ce parfum. Un parfum, c'est un révélateur, alors attention à ce que vous allez révéler... Peut-être que ce que vous souhaitez révéler ne correspond pas à ce que vous allez révéler..., insista l'animatrice.

– Je ne cherche pas à me révéler, mais à me faire remarquer. Merci de me faire un joli paquet...

Elle avait dit ça en regardant les deux femmes, froidement, elle n'avait pas trouvé judicieux de leur mentir, puisque tout le monde dans cet hypermarché avait finalement le même objectif.

La responsable du rayon parfumerie a emballé le flacon et lui a demandé si elle voulait quelques échantillons. Elle lui a dit que c'était une bonne idée, à condition que ce soit des échantillons de parfums pour homme, qu'elle offrirait à son père.

Ensuite, avant de partir, elle a demandé à la responsable du rayon parfumerie : « Quel est l'article du règlement intérieur qui concerne l'interdiction faite aux responsables des rayons de s'octroyer des remises exceptionnelles ? »

La responsable du rayon parfumerie lui a répondu : « C'est l'article 6. »

Elle a remercié les deux femmes pour leurs conseils

et leur amabilité, elle a fait des compliments concernant la tenue parfaite du rayon parfumerie qui donnait vraiment envie de se faire plaisir. Elle a salué Mathilde en lui souhaitant de bien rentabiliser ces quinze jours d'animation commerciale dans le magasin, et elle est partie en direction de la réserve du secteur textile.

L'animatrice l'a regardée s'éloigner, puis elle a dit à la responsable du rayon parfumerie : « Elle ne comprend rien au parfum cette fille… » Et la responsable a répondu : « Au parfum, sûrement… Mais pour le reste, je ne m'inquiète pas pour elle. Je pense même qu'elle a déjà tout compris… »

Le responsable du rayon textile homme est assis sur un carton, il somnole. Quand il la voit, il se lève brusquement et met les mains sur ses hanches. Elle dépose, en faisant très attention, et donc très lentement (peut-être pour que le vigile qui s'occupe des caméras de surveillance comprenne que ce paquet est bien à elle), le parfum sur un carton empilé à sa hauteur, près du bureau des réceptions, et elle demande au responsable du rayon textile homme :

– Alors ? Cette fête des Pères, ça commence bien ?

– Depuis quand ça t'intéresse, ce qui se passe dans mon rayon ?

– Depuis que je suis venue t'aider toute une nuit.

– Évidemment.

– Mais tu as raison, je voulais également te parler d'autre chose.

– Je me disais aussi…

– Je voulais te parler des doublons dans nos deux rayons.

– C'est-à-dire ?

– Nous vendons la même marque de blue-jeans.

– Je le sais.

– Mais tu vends sur ton rayon des tailles et des coupes qui intéressent la clientèle féminine, une clientèle qui concerne mon rayon.

– Ce n'est pas de ma faute si certaines femmes préfèrent acheter, par goût, des pantalons destinés aux hommes.

– Je te demande de cesser de commander les références suivantes que je t'ai inscrites sur ce document dont je donnerai copie à la direction.

– Comment ça ?

– Le directeur souhaite que nous cessions d'accroître la valeur totale du stock du secteur textile. Pour cela, il nous demande de cesser de commander des articles similaires vendus sur nos deux rayons, ou de trouver une solution.

Le responsable du rayon textile homme a lu la feuille avec attention, puis il a regardé sa collègue du rayon textile femme en dénouant légèrement sa cravate, comme si son ressentiment avait pris la forme d'une grosse boule de haine cherchant à se frayer un passage.

L'homme lui a rendu le document en lui disant d'une voix grave :

– C'est une plaisanterie ?

– Pas du tout.

– Mais enfin ! Les références que tu mentionnes représentent plus de la moitié des ventes de blue-jeans sur mon rayon !

– Ça ne changera rien pour le magasin, les ventes seront reportées sur le rayon textile femme… C'est ce que j'ai expliqué dans ma note à l'attention du directeur du magasin. Il suffira d'en informer la clientèle.

– Mais enfin, tu sais bien qu'une importante partie de nos primes, les nôtres et celles de nos employés respectifs, est calculée sur les résultats de nos propres rayons. Et notre avancement futur au sein du magasin et de l'enseigne dépend aussi du montant de ces primes.

– Nous n'y pouvons rien, c'est une demande de la direction.

– Si c'est une demande de la direction, tu n'as qu'à, toi, cesser de commander ces références !

– Tu sais bien que je viens d'être nommée responsable sur le rayon textile femme, je n'ai ni l'expérience ni la pratique nécessaires pour gérer, et encore moins annuler les commandes.

Le responsable du rayon textile homme a commencé à transpirer comme si une éponge gorgée d'eau avait remplacé son cerveau. Il a attrapé sa collègue par les épaules et l'a repoussée violemment en lui disant :

– Écoute, petite connasse. Si tu penses que je ne vois pas clair dans ton petit jeu, tu te trompes. Si vous pensez qu'hier soir je me suis senti humilié par votre petit manège, à toi et à ton grand copain de chef de secteur, tu te trompes une deuxième fois. Tout le monde sait qu'il va être muté dans un magasin de second ordre. Alors, quand tu n'auras plus son appui, sa protection, quand tu n'auras plus ton mentor, on en reparlera de ces doublons. Je n'annulerai aucune commande, tu entends ? Aucune !

Elle s'est dégagée de l'étreinte inamicale et a réussi à repousser le responsable du rayon textile homme, mais seulement en utilisant ces mots :

– Selon l'article 6 du règlement intérieur, je n'avais pas le droit de te faire bénéficier d'une remise sur l'article que tu as acheté à l'occasion de la fête des Mères.

– Tu parles de quoi ? De cette nuisette improbable ? Mais elle était donnée gratuitement dans l'hypermarché concurrent !

– J'étais stagiaire, à l'époque des faits, tu as donc abusé, en ta qualité de responsable de rayon, de mon inexpérience, à ton profit.

– À mon profit ? Une nuisette pour ma belle-mère ! C'est même toi qui m'as donné l'idée d'acheter ça !

– J'ai fait une copie du ticket de caisse qui prouve la remise exceptionnelle effectuée, j'ai fait une copie de la convention qui prouve qu'à l'époque des faits j'étais simple stagiaire, et j'ai repris les mentions de l'article 6 du règlement intérieur qui sont très claires. Et si tout cela ne suffit pas à te convaincre, il ne me restera plus qu'à présenter le témoignage de Boris, le responsable de la sécurité.

– Le témoignage de Boris ? Qu'est-ce qu'il vient faire là-dedans, lui ?

– Il ne fera qu'évoquer ses doutes concernant le taux anormalement élevé de démarques inconnues, c'est-à-dire de vol, au rayon textile homme.

– Mais ça n'a aucun rapport avec ton histoire de nuisette ! Je suis dévalisé par des bandes de jeunes qui me chapardent en s'habillant dans le rayon et qui s'enfuient en courant sans que ces satanés vigiles soient capables de les rattraper.

– Il n'y a que le résultat qui compte, et le résultat, c'est que ton rayon n'est pas exemplaire.

– Salope ! Salope ! Salope !

Après un long moment, pendant lequel deux interventions au micro eurent le temps d'annoncer une promotion exceptionnelle au rayon légumes et la fermeture temporaire de la station de lavage en raison d'un incident technique lié à un mauvais entretien des buses de nettoyage, pourtant de fabrication allemande, le responsable du rayon textile homme demanda à sa collègue du rayon textile femme :

– Bon, alors, tu veux quoi ?

– Je veux que tu me signes cette lettre. Dans l'intérêt du secteur textile...

Elle a attendu que le rideau roulant de la réserve textile soit totalement relevé, telle une herse, pour franchir la porte qui s'ouvrait sur la surface de vente, éclairée violemment par les néons, comme un soleil blanc éblouissant le centre d'une arène. Elle a fait un détour par le rayon textile femme pour dire au revoir à Marilou qui était en train de vider les cabines d'essayage.

Elle a remarqué Mathilde, l'animatrice, qui rangeait des cartons pendant que la responsable du rayon parfumerie discutait avec deux clientes vêtues élégamment. Elle est passée devant la pile de nuisettes, qui n'intéressait personne. Elle a salué Boris, le chef de la sécurité, qui surveillait de près la nouvelle hôtesse d'accueil, et elle a déposé dans la boîte à correspondance du directeur du magasin le courrier signé par le responsable du rayon textile homme.

Un courrier simple, imprimé sur un papier à en-tête du secteur textile, et qui disait que le responsable du rayon textile homme s'engageait sur l'honneur à ne plus commander les références d'articles que la responsable du rayon textile femme lui communiquerait.

Tandis qu'elle glissait l'enveloppe dans la fente, le noir qui essayait de s'extraire de la boîte ressemblait à celui de la réserve textile, plongée dans l'obscurité, après la dernière remarque du responsable du rayon textile homme, quand il eut fini de signer l'attestation : « Toi ! Toi, tu as tout compris, hein ! »

Que la vie est facile, quand les êtres humains sont cernés dans un espace clos, dont on a pris la mesure.

Je n'ai qu'une crainte, négliger de me protéger. Ce qui serait dramatique, car s'ils savaient, ceux vers qui je dirige mes pas, s'ils savaient que derrière ce que je suis, il n'y a rien..

Rien de plus que ce que je suis…

16

Le chef du secteur textile a quitté le magasin.

Il a été nommé au même poste mais dans un hypermarché beaucoup plus petit, et dans une ville qui semble restée à l'état de projet.

La veille de son départ, elle lui a écrit sur une carte postale représentant un vieux jardinier arrosant une rose rouge : *« Gilbert, nos destins sont liés, tu me l'as dit, mais pense quand même à m'appeler… »*

Elle a beaucoup mieux connu Gilbert à l'occasion de son départ. L'homme avait organisé un déjeuner, chez lui, un dimanche, non pas pour fêter sa mutation forcée mais sa nomination bien méritée. Gilbert a présenté sa femme et ses deux fils, à tout le monde : au directeur du magasin, au responsable des ressources humaines, au chef du secteur bazar et au responsable des caisses.

Gilbert l'avait invitée, elle aussi.

Elle a demandé à ses parents de l'accompagner.

La femme de Gilbert était très sympathique.

Elle ne l'a jamais revue. Lors de cette première

rencontre, la femme de Gilbert lui avait dit : « Mon mari m'a beaucoup parlé de vous... » Elle lui avait répondu : « Moi aussi, il m'a beaucoup parlé de vous... »

Elle avait menti.

Gilbert ne lui parlait jamais de sa femme. Il ne lui parlait que de ses gosses. Qu'il trouvait trop gros, trop laids, trop bêtes et surtout beaucoup trop cons. Il leur reprochait de ne s'intéresser qu'aux livres. Gilbert avait peur qu'ils ne deviennent pas de vrais hommes. Gilbert avait peur qu'ils s'intéressent à des métiers peu virils, des métiers si éloignés du sien, des métiers qui n'exigeaient pas des valeurs de courage et de force, mais de la fragilité et du sentiment, tout ce qui faisait peur à Gilbert.

Elle a aimé cette journée. Elle aurait peut-être dû ressentir de la tristesse. Mais ce ne fut pas le cas. Comme elle avait un peu trop bu et qu'elle avait peur d'abîmer sa voiture neuve, Gilbert a proposé de la ramener chez elle. Elle a accepté à la condition que ses parents viennent avec elle, dans la même voiture, celle de Gilbert. Elle ne voulait pas que son père conduise sa voiture neuve, s'il l'avait abîmée, elle ne lui aurait pas pardonné. Alors Gilbert a démarré le moteur de sa voiture, ils ont pris place à l'intérieur, et Gilbert a rejoint le petit chemin qui passe sous le pont de l'autoroute en leur disant : « Ça pousse, non ? Deux cents chevaux sous le capot, ça décoiffe, non ? »

Après quelques virages rendus brillants par la pluie

fine, la voiture s'est immobilisée devant le pavillon des parents. Gilbert est sorti le premier pour ouvrir la portière arrière qui était restée bloquée par la « sécurité enfant ». Ils ont salué de loin leur fille qui était restée assise dans la voiture, et Gilbert a embrassé la mère et salué le père en lui disant : « Bravo, vous avez fait du bon boulot, votre fille est réussie, elle ira loin… »

Les parents ont disparu dans leur maison, et Gilbert s'est assis à côté d'elle en lui disant : « Ils ont l'air gentils, tes parents, non ? »

Sans attendre de réponse, il a démarré le moteur de sa grosse voiture de chef de secteur et il a contourné le lotissement afin de rejoindre la route qui menait à la résidence de son ancienne responsable du rayon textile femme.

Gilbert s'est garé sur le parking de l'immeuble et il a éteint le moteur du véhicule. Ils sont sortis ensemble de la voiture et Gilbert l'a raccompagnée jusqu'à la porte de l'entrée commune de la résidence. Elle s'est retournée pour embrasser Gilbert avant qu'il parte, mais Gilbert est resté, il ne l'a pas embrassée, et pour la première fois ils ont fait l'amour chez elle.

Quelques minutes plus tard, Gilbert lui a donné son nouveau numéro de téléphone et, avant de partir rejoindre sa femme et ses deux fils, il lui a dit : « Comme prévu, on ne se quitte plus… »

Le lendemain, au magasin, elle a participé à sa première réunion de direction. Tous les lundis, à dix heures, dans un grand bureau situé à côté de celui du directeur, les chefs de secteur de l'hypermarché viennent présenter les chiffres d'affaires du mois en cours et les objectifs à venir. Ils évoquent la situation des responsables de rayon en faisant une distinction entre ceux qui ont un «potentiel évolutif», et les autres.

Dès la fin de l'opération fête des Pères, le responsable du rayon textile homme a été muté au rayon meubles d'un magasin situé à quatre cent cinquante kilomètres de celui de Gilbert (le responsable du rayon acceptait n'importe quelle mutation à la seule condition d'être nommé le plus loin possible de son ancien chef de secteur). La raison de ce changement forcé de magasin n'était pas liée à ses mauvais résultats commerciaux (finalement peu dépendants de lui en raison de la perte d'une référence stratégique sur la famille blue-jeans), mais au fait que le responsable du rayon textile homme avait obligé une jeune stagiaire du textile femme à demander, en caisse, une remise abusive. Les conditions de cette remise étant restées obscures, et le montant si ridicule, la direction avait préféré proposer une mutation discrète à l'intéressé, bénéficiant ainsi des effets d'une sanction sans l'accompagner des risques d'un licenciement qui aurait pu être qualifié d'abusif. En fait, tout le monde était content, mais il ne fallait pas que cela se sache.

Lors de cette réunion, elle a été nommée responsable des deux rayons textiles homme et femme. Mais cette nomination est temporaire. Le responsable des ressources humaines la convoquera dans son bureau à dix-sept heures pour clarifier la situation. En attendant, on lui demande de participer à la réunion de direction en l'absence d'un nouveau chef de secteur textile.

Depuis que Gilbert est parti, le directeur du magasin n'a toujours pas nommé de remplaçant. D'ailleurs, Gilbert est-il irremplaçable ? Dans son esprit, c'est une certitude, dans celui du secteur textile, c'est moins sûr, dans celui de la direction du magasin, il est évident que la question ne se pose pas. Dans tous les cas, elle se sait impliquée.

Lors de cette réunion de direction, entourée par tous ces hommes rompus aux joutes de l'exercice, elle est étonnamment très à l'aise. Peut-être parce que le directeur du magasin ne lui pose pas de questions embarrassantes. Peut-être parce qu'il est souriant. Peut-être aussi parce qu'il lui a dit qu'elle sentait bon.

Quand le directeur du magasin et les chefs de secteur furent tous assis, en cercle, autour de la grande table qui les réunit comme un globe plat, le directeur exprima sa satisfaction : « Le magasin fonctionne bien, les résultats sont là. Je suis content de vous et de vos équipes. Certains mouvements de personnel, voulus par moi, vont accroître notre productivité et notre attractivité auprès de notre clientèle. Nous allons effectuer de belles économies de frais de personnel, ce qui nous donnera plus d'amplitude pour financer de nouvelles opérations commerciales. Bref, je ne devrais peut-être pas vous le dire, mais tout va bien. Je vais à présent laisser la parole à notre responsable des ressources humaines... »

Le responsable des ressources humaines expliqua que le secteur textile allait connaître quelques bouleversements. L'homme précisa que c'était un secteur stratégique, même s'il n'était pas déterminant dans la réalisation du chiffre d'affaires global du magasin, car ce secteur s'adressait à toute la famille et que, pour cette raison, la nomination d'une femme à la tête des deux rayons textile homme et textile femme leur semblait, au directeur du magasin et à lui-même, une idée innovante et intéressante.

La discussion a rapidement changé de thème, et le directeur du magasin a demandé si les hypermarchés concurrents avaient, eux aussi, prévu de faire une grande promotion sur le rayon des ordinateurs individuels pendant l'été. Au milieu du brouhaha des réponses apportées par chacun, le chef du secteur équipement de la maison a demandé une réunion spécifique sur la démarque interne car il soupçonnait ses employés de vendre des télévisions « premier prix » en utilisant les codes informatiques attribués aux téléviseurs de la gamme supérieure, créant ainsi une démarque virtuelle administrative, très utile pour masquer des transferts de remises au bénéfice de clients complices.

La discussion s'est animée, car le chef du secteur liquide a exprimé la même crainte concernant les ventes de grands crus de vins de Bordeaux qui parfois passaient en caisse avec des codes de « vins de pays ». Dans ce cas, la logique de la théorie du complot était inversée, ce qui fit dire au directeur du magasin que le chef comptable organiserait bientôt un rappel des règles de démarques, puisque ses chefs de secteur ne semblaient pas maîtriser cet aspect de la gestion commerciale.

Elle n'a pu s'empêcher de penser à Gilbert en griffonnant sur une feuille, car la discussion ne l'intéressait pas.

Les minutes passèrent, les chefs de secteur usèrent de toutes les ficelles connues par tous les chefs de secteur pour se faire remarquer avantageusement, en évitant que les sujets fâcheux soient abordés, et la réunion s'enlisa dans une douce monotonie.

Le directeur du magasin annonça la fin de la séance, et elle se rappela ce que Gilbert lui avait conseillé : dans les derniers instants de chaque réunion de direction, lors de l'ultime tour de table, il était bien vu de formuler une remarque positive. Ainsi, quand ce fut son tour, voilà ce qu'elle dit : « Depuis que je suis arrivée dans ce magasin, on me répète souvent : Toi, tu as tout compris. En participant, ce matin, à ma première réunion de direction j'ai envie de vous dire après vous avoir, tous, écoutés attentivement : j'ai encore beaucoup à apprendre. Mais je suis prête… »

Elle fut applaudie chaleureusement, et le directeur du magasin proposa à tous ses chefs de secteur de partager le verre de l'amitié. Évidemment tout le monde fut d'accord, et la secrétaire de direction fut appelée pour apporter dans la salle de réunion deux ou trois bouteilles que le directeur gardait dans la petite cave de son bureau, le genre de bouteilles qui n'étaient pas vendues dans l'hypermarché, et qu'il se réservait pour les grandes occasions.

La secrétaire de direction a déposé sur la table de réunion les bouteilles de champagne, qu'un chef de secteur s'est proposé d'ouvrir.

La secrétaire a commencé à remplir les flûtes, et quand elle s'est présentée devant la nouvelle responsable des rayons textiles homme et femme, elle ne put s'empêcher de lui faire cette remarque :

– Je ne pensais pas vous revoir si vite…

– C'est parce que vous ne croyez pas au destin.

– Effectivement, je fais plus confiance aux valeurs du travail et de l'abnégation.

– Vous avez tort. Le destin, c'est formidable. À la seule condition de lui faire confiance.

– Et quand le destin tourne mal ?

– Il faut lui faire confiance. C'est lui qui a raison. Dans votre intérêt.

– Je ne pense que pas que cette pauvre Gisèle serait d'accord avec cette théorie. Vous ne parleriez pas comme ça si tout n'allait pas bien pour vous, comme en ce moment.

– Détrompez-vous… Je suis passée par des chemins qui rendent ces instants sublimes. Mais je sais que tout peut s'arrêter demain. Quand on a eu mal au ventre, comme j'ai eu mal au ventre, les répits sont des morceaux de paradis. Vous ne m'entendrez jamais me plaindre. Même si c'est la misère qui m'attend, même si c'est la maladie qui me guette, je ne me plaindrai jamais.

– Quel fatalisme !

– Et de servir du champagne, à cinquante ans passés, à une gamine de vingt-deux ans, et à tous ces types, méprisants et arrogants, c'est une fin en soi ?

Aujourd'hui on m'a acceptée dans la horde.

L'odeur était bien présente.

Elle a rempli la poche, mais peut-on garnir une poche avec l'impression d'une odeur ?

Il va me falloir un peu plus de temps et d'expérience pour le savoir.

En attendant, j'ai rendez-vous à dix-sept heures avec le responsable des ressources humaines, il veut me voir.

17

Elle n'a pas voulu rester dans l'ambiance du magasin, après cette première matinée chargée d'émotion. Elle est rentrée chez elle, et elle a attendu, elle a laissé filer quelques heures, dans le noir de sa chambre, comme avant, pour n'entendre que son souffle, pour se rassurer et oublier les autres, pour un temps, avant de les retrouver, et donc d'encore plus apprécier de les revoir.

Elle est retournée au magasin à l'heure où la cantine est calme et les chaises posées sur les tables. Quelques minutes avant son rendez-vous chez le responsable des ressources humaines, elle a appelé Gilbert. Chaque secteur du magasin dispose maintenant d'un téléphone mobile. Elle sait qu'elle n'est pas la seule qui en profite, le comptable du magasin a déjà relevé quelques abus que la direction tente, pour l'instant, de signifier amicalement.

Elle est accoudée sur la rambarde de la coursive, celle qui relie les toilettes réservées aux employés du magasin aux bureaux de la direction, en passant par la cantine et la salle de pause. Elle regarde le magasin, d'en haut, et les employés qui rangent les rayons, et écoute le son des tickets de caisse qui s'impriment, et qui donnent la cadence d'un temps qui se contracte ou se dilate en fonction de l'argent qui s'encaisse.

Gilbert est content qu'elle ait pu assister à sa première réunion de direction. L'homme lui dit qu'elle est sa chose, qu'il est fier de la voir grandir, qu'il est étonné, aussi, de la voir évoluer si vite avec tant de sérénité. Il lui dit que, sans lui, elle ne serait rien dans cet hypermarché. Et ce que lui dit cet homme lui fait des sensations étranges. Elle aime l'entendre dire qu'elle ne serait rien sans lui. Elle aime ce frisson, cette idée d'être guidée par cet homme au-dessus du vide, même si elle sait que ce parcours lui procure plus de sensations que de plaisir.

Elle a brusquement envie de faire l'amour. Alors, elle lui demande quand est-ce qu'elle le verra. Gilbert lui dit que prochainement il doit se rendre à une « formation cadres » au siège régional de l'enseigne. Il lui demande de prendre sa journée. Il aura réservé une chambre dans l'hôtel qui est voisin du centre de formation. Il faudra qu'elle le rejoigne. Elle est contente. Elle n'a pas encore utilisé sa nouvelle voiture sur une longue distance.

Elle éteint le téléphone. Elle va bien.

Elle se dirige vers le bureau du responsable des ressources humaines.

La porte est ouverte. Le responsable la voit et lui dit d'entrer.

L'homme lui dit qu'il est surpris, et content, de voir que le directeur du magasin semble vraiment l'apprécier. Elle lui répond que le directeur du magasin apprécie son implication.

Le responsable des ressources humaines lui répond : « Bien sûr, bien sûr... Mais assieds-toi, je t'en prie... » Puis il lui dit : « Voilà, il faut faire des économies de frais de personnel sur le secteur textile. Les soldes et les marges faibles ne permettent pas d'assumer le train de vie du secteur. Voilà ce que nous te proposons. Nous avons deux dossiers de candidature de jeunes stagiaires évolutifs. Nous les nommons l'un stagiaire-chef du rayon textile femme, et l'autre stagiaire-chef du rayon textile homme. Toi, tu deviens la responsable du secteur textile, en charge des rayons homme et femme. On économise ainsi 40 % de charges sociales et on augmente légèrement ton salaire, puisque tu deviens chef de secteur. Tu en penses quoi ? »

Elle a demandé à réfléchir jusqu'au lendemain en précisant : « Sachez que je suis très fière que l'on puisse penser à moi pour remplacer l'ancien chef du secteur textile, même si le salaire que l'on me propose ne sera pas le même que le sien... »

Le responsable des ressources humaines lui a demandé : « Tu parles de Gilbert ? »

Elle lui a répondu : « Oui, de l'ancien chef de secteur… »

L'homme lui a dit : « Gilbert, c'est du passé, l'ancienne école. On attend de toi autre chose. De l'implication, soit, mais surtout des idées. Un peu plus ambitieuses que celles qui consistent à recycler des nuisettes invendues, si tu vois ce que je veux dire… Gilbert a un vrai charisme, qui m'a séduit, moi aussi, je l'avoue. Mais la direction n'a pas été dupe. Et c'est moi qui reste, si tu vois ce que je veux dire… »

Elle lui a dit qu'elle voyait parfaitement ce qu'il voulait dire, et elle a quitté son bureau. Le responsable des ressources humaines s'est levé de son fauteuil pour la raccompagner, et il a ajouté : « Et dès que ta nomination sera officielle, dès que ton nouveau contrat sera signé, dès que tu auras la confirmation d'encore mieux gagner ta vie, tu sais quoi ? Tu pourras me tutoyer, et avec moi tous les autres chefs de secteur… »

Le soir, tranquillement installée dans son appartement, elle a appelé Gilbert.

Elle est tombée sur le répondeur de son téléphone.

Elle s'est endormie grâce à un comprimé de somnifère.

Elle a de plus en plus de mal à trouver le sommeil depuis quelques semaines.

Elle pense que c'est l'excitation qui entoure ses premiers pas dans l'hypermarché, et le fait que cette excitation soit aussi un peu celle de Gilbert.

Le lendemain, Gilbert l'a appelée à sept heures du matin en lui demandant : « Que se passe-t-il ? Je leur manque déjà, au magasin ? »

Elle lui a parlé de l'entretien qu'elle a eu avec le responsable des ressources humaines.

Gilbert lui a dit : « De toute façon, tu acceptes le poste. Même si tu as un salaire inférieur au mien, tu acceptes. Tu te rends compte ? À ton âge ? Chef d'un secteur ? Même si tu n'as pas le salaire qui va avec, il faut prendre. Fais-moi confiance, je vais te le compléter, moi, ton salaire. Avec mes combines pour acheter des lots de textile et mon sens du commerce, tu vas pouvoir les acheter, tes deux villas... Fais-moi confiance... »

Voilà.

Elle n'avait pas encore vingt-cinq ans.

Elle était chef du secteur textile d'un hypermarché de quinze mille mètres carrés.

Elle faisait partie des dix personnes les plus importantes d'un magasin qui employait six cent cinquante personnes.

Elle était passée du poste de simple stagiaire à celui de cadre supérieure dans une importante société commerciale, sans études particulières, sans talent avéré, sans esprit de revanche, sans opportunisme exagéré, sans aucun sens du commerce, sans compétences pour négocier et acheter.

Son seul talent avait été d'avoir compris qu'en tirant quelques ficelles trouvées au hasard, elle pourrait élever son agréable et petite personne… jolie, mais sans plus… pas si bête, mais sans plus… sympathique, mais sans plus… rigolote, mais sans plus… souriante, mais sans plus… vers les sommets d'un État. Celui qui gérait l'activité, les relations humaines, le moral et le niveau de vie d'un peuple de six cent cinquante âmes au sein d'un monde vivant replié sur lui-même, celui d'un hypermarché situé en bordure d'une voie touristique.

Son principal souci, à partir de sa nomination, allait être de ne pas se dévoiler.

Cette pratique qu'elle mettait en œuvre instinctivement depuis quelques mois allait devoir être améliorée, professionnalisée… Le changement de statut décuplait le potentiel de risque, et elle ne voulait pas que l'on découvre derrière l'apparence de la jeune femme dynamique, opiniâtre et ambitieuse, le grand vide qui occupait tout son être, et dont elle se savait dépendante, car c'était le moteur de tout ce qu'elle entreprenait.

Son activité principale serait de continuer de peaufiner l'apparence d'un personnage compétent mais qui n'avait aucune profondeur, pas plus de méchanceté qu'un autre, et de garder bien au chaud, au creux de son inconscient, cette obsession : celle de ne jamais finir sur la plus haute marche, car son besoin de reconnaissance ne pouvait être assouvi qu'à la condition qu'elle reste à sa place, au même échelon, avec le même statut. À un grade nécessairement inférieur à celui de ceux vers qui elle se tournait. Ceux dont elle attendait qu'ils lui octroient cette attention qui la remplissait. Ceux dont elle guettait, dans le regard, l'expression de l'adoption. Ceux dont elle voulait accaparer ce qu'elle prenait pour l'odeur du pouvoir, et qu'elle ne pouvait sublimer qu'à la condition qu'elle provienne d'un monde dont elle ne voulait pas les clés, un monde qui devait garder son secret : celui des directeurs.

Le poste qu'on lui avait confié, chef du secteur textile, serait celui qui allait régir sa vie pendant les vingt prochaines années.

Elle allait battre tous les records de longévité, et de stagnation.

Mais cela, elle ne le savait pas encore.

Car tout ce qui la faisait vivre n'était jamais réfléchi, pensé ou anticipé.

Elle entretenait sa médiocrité professionnelle inconsciemment, qu'elle masquait efficacement grâce aux conseils de Gilbert, mais qui diffusait auprès de la direction un sentiment de confiance mêlée de défiance, principal frein à son évolution.

Le problème était que, dans son cas, la stagnation,

qu'elle pensait salutaire, allait s'accompagner d'une dégradation de son état mental.

Cela se ferait insidieusement, lentement, mais cela se ferait.

Il est inutile, à ce stade du récit, de continuer à raconter son ascension, puisqu'il n'y en eut plus. Il est inutile de ressasser ses routines, par contre, il est important, à cet instant, de bien marquer la séparation entre ces deux périodes de sa vie : celle décrite dans la première partie de ce livre et celle qui suit.

Il nous semble crucial, dans le cadre de l'évocation de ce calvaire, car il s'agit bien d'un calvaire, de bien différencier ce qui lui semblait être le goût du paradis de ce qui constituait en fait la chair de l'enfer.

Car comment qualifier une vie que l'on consacre à guetter, dans le regard des autres, ce que l'on espère représenter, et sans cesse gommer, corriger et modifier des attitudes, des gestes et des postures, dans le seul but d'être acceptée et non pas d'être aimée… ? Aimée pour ce que l'on est.

« Lorsque l'on ose mettre le nez dans sa propre misère, même si ce geste est la conséquence d'une rencontre fortuite et fugace, l'étouffement qui suit est plus supportable que tout l'air que l'on a déjà respiré, et que l'on a confondu avec le souffle épique d'un destin, mis à notre

disposition, et que l'on pense animé par les forces bienfaitrices du hasard… »

J'ai lu cette pensée dans un article de philosophie d'un magazine posé sur une table de la salle d'attente de mon gynécologue.

Je n'ai pas tout compris, mais j'ai découpé l'article, car en bas de la page il y avait une publicité pour une croisière en Méditerranée.

J'aime bien voir les poissons d'en haut, quand ils tournent en rond, et que l'on devine l'ombre qui avance, parce que l'on a pris de la hauteur.

Deuxième partie

1

Elle a quarante-deux ans.

Elle est cadre dans l'hypermarché qui lui a accordé, le seul, sa confiance ; le magasin dans lequel elle a signé son premier contrat de travail.

C'était il y a vingt ans.

Elle est toujours chef du secteur textile. Elle a changé régulièrement de responsable de rayon. De licenciements pour faute grave en démissions motivées par l'angoisse professionnelle. De nominations en défections. De promotions en sanctions. D'orientations en brimades. De réunions en séminaires… D'opérations promotionnelles en affaires du siècle. De cartes de fidélité en coupons de réduction. D'achats d'impulsion en besoins primaires. De reprises d'invendus en stocks limités…

La vie d'un hypermarché bat au rythme de l'humanité manipulée.

Et cela fait vingt ans qu'elle participe à cette manipulation.

Gilbert a quitté l'enseigne, il y a huit ans, pour une retraite qu'il a rentabilisée en développant une société d'achat et de revente de lots de vêtements et de chaussures. Évidemment, son plus gros client (et sûrement le seul), c'est le magasin dans lequel elle travaille. Mais personne ne sait que son compagnon est le gérant de la société qui fournit 80 % des produits proposés en promotion.

Personne ne sait que l'homme, qu'elle contacte plusieurs fois par jour pour lui demander des conseils, et solliciter un appui moral, est le fournisseur principal de la majorité des invendus du secteur textile.

Elle n'arrive pas à couper le cordon avec son ancien chef de secteur, car elle sait que sans lui elle s'effondrerait. Et même si elle doit admettre qu'elle subit les mauvais choix de Gilbert, son assurance permanente, quand il doit défendre une position perdue d'avance, la rassure et la tient debout.

Elle ne lui dira jamais qu'à son âge il a peut-être perdu de vue les vraies tendances du marché, puisque ces tendances, qui sont régulièrement mises à jour par la centrale d'achats, ne sont pour elle que des données chiffrées obscures et donc indéchiffrables…

Elle ne lui dira jamais qu'il revend trop cher la plupart des articles qu'il envoie au magasin, puisqu'elle est incapable de trouver moins cher ailleurs.

Elle ne lui dira jamais que ses certitudes la font parfois douter, parce que cela lui semble impossible à formuler : le fait qu'elle a peut-être moins besoin de lui. Pas pour vivre, mais pour la gestion au quotidien d'un secteur textile dans un hypermarché. Sa vie étant organisée en fonction de son activité professionnelle, elle se rend compte que, finalement, elle n'ose pas lui dire qu'il est vieux et dépassé, parce qu'elle a besoin de lui pour vivre, tout simplement, puisque sa vie est imbriquée dans celle du magasin.

La femme de Gilbert est morte dans un accident de voiture.

Il aurait pu demander à vivre avec elle, mais il ne l'a pas fait, et elle a préféré. Elle n'aurait pas aimé vivre avec lui, confronter ses manies à celles d'un autre ne lui aurait pas plu. Et puis, quand elle se retrouvait chez elle, après une longue journée de travail, elle avait déjà la sensation de ne pas être seule, de retrouver une autre, celle qui l'avait attendue, qui était cette part d'elle-même que personne ne connaissait.

On lui dit qu'elle est belle. Elle le croit. Elle se sent beaucoup plus séduisante qu'il y a vingt ans, peut-être parce qu'elle a maintenant le souci de se vêtir avec goût. La maturité lui va bien, même si tout cela est une question d'apparence. Elle a changé de stratégie vestimentaire. Elle ne pioche plus au hasard dans son armoire pour se vêtir par obligation et sans éprouver le moindre plaisir. Maintenant, elle fait attention à bien coordonner les ensembles, à choisir la tenue qui la valorisera, en tenant compte des impératifs de ses journées. Elle se structure dans le textile.

Elle aime quand un nouvel employé, ou un fournisseur de passage, la regarde, et la remarque parmi les six cent cinquante salariés du magasin. Elle aime quand elle toise l'inconnu, et que l'attirance est réelle, que l'envie de se connaître est sincère. Elle aime donner des idées, ce qui lui évite de trop s'en faire. Elle y pense longtemps, à cette envie de passage. Elle y pense quand elle est seule, et qu'elle entend ses parents parler un peu fort dans la maison voisine. Elle y pense quand elle retrouve Gilbert, alors elle se dit qu'elle a eu raison de laisser faire croire, sans céder à la curiosité, car elle n'aurait jamais pu mentir à Gilbert et risquer de le perdre.

Demain sera un jour particulier. Le directeur de l'hypermarché, qui est muté dans un magasin d'un pays d'Europe de l'Est, accueillera un autre directeur, qui vient d'un magasin du nord de la France. C'est le cinquième directeur qu'elle va connaître. C'est une douce répétition de moments déjà vécus. Un rituel qu'elle vit pleinement, une cérémonie qui contribue à la reconsidérer. À chaque fois, ces retrouvailles avec la jeune stagiaire qu'elle était renforcent sa motivation.

Elle retrouve sa fougue, son enthousiasme, son énergie d'avant.

Elle se souvient de ses premières tentatives, de ses audaces et de sa bravoure. Des instants dont elle a parfois du mal à se souvenir, quand l'odeur du pouvoir s'est banalisée dans le souffle du temps, et cette manie du quotidien de freiner l'enthousiasme… Mais comme à des vieux qui ont passé et que l'on a enterrés, elle pense à eux, à ces instants vécus, comme s'ils faisaient encore partie de sa vie, mais plus de son présent.

Car elle a changé.

Elle n'ose plus suivre son instinct de crainte de déranger le déroulement de ses rituels. Elle a perdu sa spontanéité au profit d'un sens de la manipulation finalement peu développé. Elle force parfois trop les situations, en oubliant que ce ne furent pas les provocations qui la menèrent aussi vite à la position avantageuse et valorisante de chef de secteur. Son innocence attentive et sa curiosité émoustillée par d'étranges coïncidences l'avaient valorisée au détriment des autres, dès ses débuts, alors qu'elle n'avait aucune compétence à mettre en avant, mais simplement un opportunisme diabolique dont elle ne maîtrisait ni l'origine ni le fonctionnement.

L'arrivée d'un nouveau directeur est une période particulière, vécue différemment par chacun des salariés. Personnellement, elle se sent vraiment exister.

Pour un temps.

Elle a l'impression de vivre, à nouveau, les situations et les enjeux qui ont jalonné ses premiers pas, quand elle avait vingt-deux ans, et qu'elle était simple stagiaire. Elle s'épanouit, en fait, dans la quête et l'affinement d'une personnalité qui devra séduire la nouvelle direction. Beaucoup de ses collègues de travail souffrent visiblement de cette situation. Pas elle.

Les autres chefs de secteur n'aiment pas être dans l'attente des décisions futures, qui seront forcément différentes des stratégies précédentes, car un directeur de magasin est d'abord un homme seul, et comme pour les grands fauves, son territoire, son espace vital, doit s'adapter à lui. Alors qui l'aime, le suive.

Elle les aime, ces hommes qui passent. Elle est séduite par leur aura, qui fait comme un halo qu'elle ne souhaite pas traverser. Elle aurait bien trop peur d'aller voir derrière l'apparence du pouvoir, ce pouvoir qui la rassure et qui lui fait comme une présence quand la solitude est trop visible, quand la solitude la guette, le soir, chez elle, après ses journées de travail.

Il n'y a aucune ambition professionnelle dans son attitude.

Elle est à la recherche d'une reconnaissance tacite et sans condition. Cette reconnaissance n'est qu'une étape, une étape vers l'effluve. Car elle est toujours excitée par l'odeur du pouvoir. « À chaque homme, son odeur, et aux hommes de pouvoir, l'odeur qui me remplit… », c'est ce qu'elle se dit lors de chaque nomination.

Et quand, après six mois, le nouveau directeur prend la mesure de ce qui sera dorénavant son magasin, qu'il a mené la synthèse des forces et des faiblesses des équipes en place, il organise son territoire selon son caractère. Une fois que l'homme a marqué son territoire, elle n'a qu'une envie, celle d'être acceptée dans son périmètre. Pour ne pas se sentir seule, mise à l'écart, comme déportée. Elle a besoin de se battre contre la peur de son propre vide.

Elle n'aime pas se faire plaindre, elle n'aime pas faire pitié. Elle veut faire envie, donner des idées : « Je ne veux montrer de moi que ce qui donne envie… »

Il ne faut pas lui parler de techniques de vente, de méthodes ou de stratégies. Après vingt ans, son manque d'intérêt pour les fondamentaux de son métier n'a pas changé. Et heureusement pour elle, ceux-ci ont peu évolué, et c'est tant mieux car elle n'aurait pas aimé se remettre en question sur ce terrain-là. Appliquer les consignes de Gilbert, en les faisant passer pour siennes, monopolise suffisamment d'attention et d'énergie à son goût.

Pour parler de ce qui la concerne, le secteur du textile et de la chaussure pour la famille, les clients veulent toujours des articles qui ressemblent à la mode mais à un prix démodé. La seule évolution notable, depuis vingt ans, c'est l'exigence en termes de service et d'accueil. Ce que le commerce traditionnel met en exergue pour se différencier du commerce moderne, symbolisé par les magasins virtuels que l'on visite d'un clic sur Internet.

Aujourd'hui, c'est le pot de départ à la retraite du responsable des ressources humaines qui l'a embauchée il y a vingt ans. Elle devrait être émue, mais elle ne l'est pas. Elle lui en veut, à ce futur ex-responsable des ressources humaines, de lui rappeler que, elle aussi, un jour, elle devra se contenter de ses souvenirs pour oublier son présent. Elle lui en veut de lui rappeler que, lorsqu'elle devra quitter ce magasin, ses tremblements du passé provoqueront peut-être en elle une faille définitive, et qu'elle sait présente, contre laquelle elle se bat, puisque parfois ses douleurs dans le ventre réapparaissent, comme des piqûres de rappel. La dernière mission qu'ils menèrent ensemble, la dernière mission du responsable des ressources humaines et de la chef du secteur textile, ce fut le licenciement du responsable du rayon chaussures.

Nous ne développerons pas les conditions de cette mise à l'écart, qui n'apporteraient rien au récit, mais l'évènement est important car c'est « lui », qui allait remplacer le responsable licencié.

Et voici comment…

2

Le responsable des ressources humaines, celui qui allait quitter le magasin, avait validé l'embauche, six mois auparavant, d'un jeune stagiaire dont le profil devait correspondre à une demande de futurs responsables de rayons spécialisés dans la vente assistée sur le terrain, en contact direct avec la clientèle. Les rayons en quête de ce genre de profil étaient ceux de l'électroménager, de l'informatique, de la téléphonie ou de l'image et du son.

Ce jeune stagiaire avait vingt-cinq ans et la particularité (assez étonnante pour être relevée) de s'être fâché successivement avec les trois responsables de rayon qui avaient été nommés pour le former. Il avait du caractère, c'était un offusqué. Il ne pouvait garder pour lui certains manquements, certaines faiblesses, certains abus de pouvoir qui constituent la part commune de la plupart des « petits chefs » qui forment l'ossature des secteurs d'un hypermarché. Des attitudes, des postures qui, au mépris de la conscience de l'autre, manipulent les êtres en fonction de ce que la hiérarchie pensera, et dans un but de promotion professionnelle personnelle.

Elle a très vite remarqué qui il était. D'abord parce qu'elle s'était peut-être reconnue, sans le savoir, dans la personnalité des individus qu'il dénonçait, et ensuite parce qu'il s'était fâché avec des responsables de rayon qu'elle-même avait repérés pour leur implication (et avec elle la direction, puisqu'elle émettait rarement des avis contraires à ceux de sa hiérarchie).

Le responsable des ressources humaines était perplexe. Il ne voulait pas prendre le risque de nommer à un poste à responsabilités un profil aussi peu contrôlable. Il souhaitait ne pas le garder et rompre très vite le contrat qui liait le magasin à ce stagiaire en profitant de la période d'essai.

Une réunion fut organisée, et avec l'accord de la nouvelle direction de l'hypermarché, il fut décidé que le stagiaire serait conservé, qu'il serait nommé sur un rayon, mais qu'on allait chercher à le casser, à le briser, pour le conformer au cahier des charges de l'employé modèle, et en faire ainsi un exemple…

Il ne restait plus qu'à lui trouver le bon rayon.

Et pour dire ça en termes managériaux : « On allait lui proposer un challenge motivant, en le nommant responsable d'un rayon à fort potentiel, qui lui permettrait de révéler sa vraie valeur encore occultée par un enthousiasme mal contenu… »

Le rayon chaussures tombait à point.

D'abord, parce que après avoir été formé sur des rayons dits techniques et à forte valeur ajoutée, le stagiaire serait nommé sur un rayon peu considéré et pour lequel les talents de manutention sont plus utiles que la connaissance des techniques de vente assistée… Et qu'ensuite, l'ancien responsable, conservé plusieurs années malgré des résultats commerciaux catastrophiques parce qu'il était protégé par Patrice et son syndicat, avait laissé un rayon exsangue et deux employés démotivés, livrés à eux-mêmes, et peu concernés par les enjeux commerciaux de leur rayon.

Lors du licenciement, les deux employés avaient mollement soutenu leur ancien responsable en déclarant unanimement : « Il était très humain, très proche de nous. Et même s'il nous parlait peu, il était à notre écoute, toujours attentif à nos demandes. Il semblait triste, oui, c'est cela, il était triste. Et quand on travaille avec un patron qui est triste, c'est normal que les employés ne soient pas très heureux de venir travailler… Non ? »

Depuis quelques semaines, bien avant que le licenciement de leur responsable soit effectif, les deux employés du rayon chaussures avaient pris l'habitude d'oublier régulièrement de porter leur badge (qui mentionnait leur nom et le rayon sur lequel ils travaillaient). Elle n'avait pas sanctionné cette attitude, car elle savait qu'ils faisaient cela afin d'éloigner d'eux la honte qu'ils auraient pu ressentir si un client avait fait le rapprochement entre ce rayon mal tenu, mal présenté, mal rempli, mal balisé, mal aimé par l'ensemble du magasin, et leur personne.

Elle laissait l'univers chaussures couler afin de justifier le licenciement de son responsable. Et, elle aussi, évitait les abords du rayon afin de ne pas être assimilée à ce dépotoir.

Elle avait l'impression de laisser une partie d'elle-même s'effondrer.

Elle contemplait le spectacle des gondoles vides, des podiums abîmés et des tablettes sales en ayant la sensation de déambuler dans le décor intime de son être, sans prendre réellement conscience que c'était sa propre lucidité qui lentement s'abîmait. Son délabrement mental n'était pas visible par les autres, elle justifiait l'abandon du rayon chaussures comme faisant partie d'une stratégie, adoubée par la direction, d'éradication du mal : personnalisé par le responsable aux méthodes désuètes, et qui trimballait sur sa face un désespoir insupportable.

Car il était là, le vrai motif.

Elle ne l'aurait jamais avoué, mais Georges, c'était son nom, était malade, et personne ne le savait, sauf elle… Elle le savait parce qu'elle l'avait compris.

Elle l'avait compris quand il lui avait dit : «Il faut m'aider à en finir. Dégagez-moi, vite et sans douceur. J'ai besoin d'un motif. Il me suffira de me jeter d'un pont. Il n'y a rien de plus facile que de se jeter d'un pont, pour en finir. Mais avant, le plus dur est à vivre. En me jetant dehors, en me sortant de ce magasin, vous allez m'aider. Je n'ai rien, en dehors de cet hypermarché, je n'ai rien que ça : des horaires de travail, des cartons à vider, des patrons à séduire et des employés à motiver. Alors virez-moi, et je pourrai véritablement en finir avec tout ça, toute cette comédie qui me tient debout bêtement, depuis trente ans… Vous ne le saviez pas ? Avant d'être ici, dans ce magasin, j'étais ailleurs… Dans un autre hypermarché, et c'était pas mieux, je portais aussi les cartons, sauf que grâce à vous, depuis deux ans, avant de quitter la maison, le matin, je mets une cravate, une cravate pour bourrer mon rayon… S'il vous plaît, soyez gentille, dégagez-moi… Faites-moi sentir le goût bizarre de la boue, en me traitant comme une merde… »

Elle l'avait compris.

Alors elle avait laissé faire.

Cet abandon avait attisé sa curiosité.

Elle regardait ce rayon méprisé comme un être vivant.

Elle se renseignait, elle scrutait son âme à travers ce suicide commercial.

Elle avait organisé cet abandon en arguant auprès de sa hiérarchie que c'était le seul moyen de licencier Georges, salarié soutenu par une importante partie des employés lesquels, devant le spectacle affligeant du rayon chaussures et son impact sur l'image du magasin, commençaient non pas à se détacher de lui, mais à se poser des questions sur leur propre condition.

Elle avait, devant la nouvelle direction, et pour la première fois peut-être, tenu des propos hautement stratégiques en comparant cet abandon au noyé qui touche le fond et qui, par instinct de survie, retrouvera la surface avant de repartir vers de nouveaux objectifs, entraîné par une volonté de vivre nouvelle et ambitieuse…

Et la direction avait cautionné, même si la métaphore avait fait sourire.

Le carnage, visible par tous, obligeait à une refonte et à une remise en question qui lui convenaient finalement bien. Elle avait besoin d'un nouveau challenge, et la réorganisation du rayon chaussures avait tout de la rédemption.

Mais elle savait qu'au-delà du défi classique de proposer à sa hiérarchie et aux clients une offre revue et corrigée, se développait la nécessité, presque vitale, d'assouvir un besoin de fierté, qu'elle avait laissé s'étioler, elle l'admettait intimement, après vingt ans passés.

Ce besoin de fierté était simple à formuler : elle voulait tout d'abord être fière de son équipe (comme peut l'être un parent de ses enfants) et surtout pouvoir enfin revendiquer que les responsables de rayon, qui étaient nommés sur le secteur textile, venaient à elle par choix, et non plus par obligation.

L'équipe actuelle était composée de la façon suivante : une responsable du rayon textile enfant, qui était la fiancée du responsable de la gestion de la paye du magasin, et qui attendait les fins de mois comme les serveurs guettent leur pourboire.

Une responsable du rayon textile homme, qui avait été « dégagée » par les secteurs alimentaires, et qui savait qu'elle ne ferait jamais une grande carrière au sein de l'enseigne mais qui avait une villa, et donc un crédit à rembourser.

Un responsable du rayon textile femme venu d'un pays lointain. Qui était iranien ou libanais, qu'importe, mais qui travaillait comme dix, parlait six langues, était diplômé en chimie, et qui voulait s'intégrer pour obtenir la nationalité française.

Ces responsables de rayon n'étaient pas venus à elle par volonté, mais par obligation. Aucun n'avait postulé par envie, en raison de l'activité du secteur ou par empathie pour sa personne.

Cela faisait vingt ans qu'elle acceptait de « récupérer » les recalés des autres secteurs, les profils improbables difficilement affectables, et les « douteux », ceux qui ne donnent pas envie, mais qui restent des énigmes.

Cela ne changerait pas avec le nouveau responsable du rayon chaussures qu'on lui proposait, mais cette fois, elle avait son idée.

J'aimerais être fière de moi.

Je ne sais pas si, un jour de ma vie, j'ai été vraiment fière de moi. Je suis parfois satisfaite de ce que les autres pensent de moi, mais suis-je fière d'être reconnue ou simplement soulagée d'être acceptée ?

J'aimerais tant entendre de la bouche même d'un chef de rayon : j'ai choisi votre secteur, accepterez-vous que je travaille pour vous ? Mais je ne reçois que des notes de service, qui m'annoncent l'arrivée d'un collaborateur, dont personne ne veut, mais qui doit encore rendre service…

Comme si c'était moi qui avais besoin d'une aide…

3

Quand elle a vu en tête à tête, pour la première fois, le responsable que lui proposait la direction ; quand elle a pu le regarder de près, et non pas de loin dans le magasin, ou en biais dans la salle de pause, elle a su qu'il concentrait en lui tous les ingrédients qui incitent les dirigeants d'entreprise à préférer s'appuyer sur les vertus de la soumission plutôt que celles de la différence.

Il était différent. Comme elle l'avait été, dans sa jeunesse, avant d'intégrer cet hypermarché. Mais sa différence, à lui, était visible, assumée et entretenue, alors que chez elle, tout avait été occulté.

Elle lui avait donné rendez-vous dans un box fournisseurs. C'est-à-dire un lieu qui permet à ceux du « AL » de vendre à leurs fournisseurs des opérations promotionnelles vitales pour la rentabilité du magasin. Elle lui signifia que leur entretien serait bref, car l'un des rayons épicerie salée avait prioritairement réservé le box. Ils se sont installés, elle a ouvert le dossier que lui avait transmis le responsable des ressources humaines et elle a relevé la tête. Le jeune stagiaire avait un sourire étrange, comme s'il savait exactement ce que vous alliez dire, avant que vous ne le pensiez.

Son regard vert, amusé, l'avait transpercée, et c'est lui qui avait d'abord écouté.

– Comme tu le sais, tu es en sursis. Tu es fâché avec plusieurs des cadres du magasin, tu n'as aucun soutien. Tu es seul, totalement seul, irrémédiablement seul, mais je te propose de t'en sortir. Je veux bien t'aider, à la condition que tu te soumettes aux règles de mon secteur. Je veux que tu acceptes l'idée que, sans ma proposition, tu n'aurais pas d'avenir au sein de ce magasin. Je veux que tu comprennes que je suis là pour t'aider. Bref, la direction de l'hypermarché ne te soutient pas, tu es mal vu, et ça c'est pas bien vu.

– Dans ce magasin, ce qui est bien vu, c'est ce qui est visible. Moi, je m'intéresse à ce qui ne se voit pas.

– Bon d'accord, soit, mais quand même…

– Je peux partir demain ou dans l'instant. Personne ne m'a jamais retenu. Alors si je reste, c'est que je le veux. Je n'ai pas besoin de soutien, mais de liberté. Celui, ou celle, qui me comprend gagne un allié, un mentor, un disciple, un valet, un maître…

– Mais enfin, tu sais bien que si l'on te propose ce poste de responsable de rayon, c'est pour te tester, et plus sûrement te faire craquer ! Tu n'es pas dupe !

– Vous ne devriez pas me dire cela. Vous dévalorisez votre rayon, donc votre secteur, donc vous-même. Vous n'existeriez, dans cet hypermarché, que pour tester les gars qui parlent un peu trop ou qui ne font pas exactement comme les autres ? Ne me faites pas croire cela… Voilà ce que je vous propose : on va leur faire croire que c'est mon choix, à tous. Ce sera facile. Le responsable des ressources humaines part à la retraite et un nouveau directeur va arriver. On va modifier la donne et montrer à tout ce magasin, à tous les employés, que l'on peut réussir à réconcilier l'humanité même en vendant des pompes ou des frusques. L'important ce n'est pas ce que l'on fait, mais comment on le fait. L'important ce n'est pas comment on le fait, mais avec qui. Vous pensez bien que vos robes mal coupées et vos pompes qui sentent le plastique qui emballe les morts ne m'intéressent pas !

– Pardon ? Mais tu méprises, en plus du reste, le secteur que je dirige ?

– Mais bien sûr. Car si votre objectif c'est de vendre uniquement des jupes, des pantalons ou des pantoufles, il va falloir trouver un autre candidat.

– Soyons pragmatiques. Tu acceptes le poste que l'on te propose ou pas ?

– Je l'accepte, mais à une seule condition.

– Je t'écoute.

– Je veux carte blanche.

– C'est-à-dire ?

– Je veux pouvoir modifier la présentation des produits même si cela n'est pas conforme aux exigences de la direction commerciale de l'enseigne, je veux pouvoir mettre en place des stratégies de vente innovantes entre les rayons et enfin, je veux pouvoir acheter en direct, auprès de fournisseurs locaux, sans en référer à la centrale d'achats.

– Ce n'est pas une carte blanche, que tu veux, mais un chèque en blanc, lui répondit-elle ironiquement.

– Si l'on veut. Mais je m'engage sur un point.

– Je t'écoute.

– Je dirai à tout le monde que toutes les idées, toutes les initiatives et tous les nouveaux achats sont le résultat de vos fulgurances et de vos intuitions. Je ferai comprendre aux plus récalcitrants que vos convictions ont brisé le socle de la routine, du compromis, de la facilité. Et tout cela sera si vrai que lorsque je partirai, on se souviendra de moi en tant qu'outil et de vous en tant qu'esprit.

Voilà. Toute la personnalité du nouveau responsable de rayon était condensée dans cette discussion. Il avait ses conceptions, il voulait les partager. Il avait compris ce qu'elle désirait, secrètement. Il ne cherchait pas à l'éclipser, au contraire. Il lui parlait, elle écoutait. Il la regardait, elle se laissait dévoiler. Il se taisait, elle s'impatientait. Il avait envie de travailler avec elle, il aurait pu refuser. Il lui donnait envie, il y avait si longtemps.

Elle est rentrée chez elle, un peu plus tôt qu'en temps normal. Parce qu'elle savait, parce qu'elle se souvenait, que Gilbert ne répondait plus au téléphone après dix-huit heures, et qu'elle voulait profiter de ce répit.

Je me demande si ceux qui ont le pouvoir n'ont pas banalement comme unique motivation de le garder… Et moi, qui n'ai aucune ambition, je serais la collaboratrice parfaite : puisque je ne cherche pas à prendre leur place, mais à ressentir à leur contact la sensation d'être acceptée.

Je ne serais finalement pas acceptée par envie, mais par facilité, puisque je ne présente aucun danger, et qu'ils le savent, et qu'ils l'ont compris…

Peut-être que ma lassitude vient de là…

4

Après quelques mois, le nouveau responsable du rayon chaussures a même réussi à lui donner envie de s'intéresser au commerce. Vraiment.

Cette activité était secondaire pour elle, toute son attention occupée à ne pas se laisser distancer par l'ambiance du pouvoir, déléguant ses carences à Gilbert, et confiant à ses équipes des bribes d'autorité qui sublimaient leur implication, leur dévouement et leur enthousiasme.

Elle n'avait pas la capacité d'analyser les courbes des chiffres des résultats commerciaux, elle n'avait pas de convictions concernant les méthodes commerciales qu'elle appliquait, puisque c'étaient celles que Gilbert lui communiquait, et elle n'avait surtout aucune envie de se remettre en question.

Elle n'avait jamais envisagé le commerce en tant qu'outil de manipulation. Profiter des élans de la foule pour transformer les pulsions en actes d'achat constituait pour elle une activité subalterne. Car elle n'avait en fait qu'un objectif réel : celui de préserver les apparences malgré des résultats commerciaux qui restaient figés dans une moyenne anonyme, afin de lui laisser suffisamment de temps libre pour organiser ses stratégies d'approche, et continuer de fréquenter le pouvoir, de jouer avec ces hommes isolés dans leur suffisance, qui lui donnaient, pensait-elle, plus que leur âme en l'acceptant dans leur monde.

Une semaine après l'arrivée du nouveau responsable du rayon chaussures, le planning promotionnel des entrées du magasin prévoyait une semaine commerciale autour du thème du sport. Le nouvel arrivant s'est retrouvé seul à implanter deux mille paires de chaussures, pendant la nuit, sur des podiums construits par les employés des ateliers de la « déco magasin ».

Elle était en vacances pendant trois jours avec Gilbert, et les deux employés du rayon chaussures ne pouvaient pas travailler de nuit, ayant dépassé leur quota d'heures, selon leur délégué syndical.

Le responsable du rayon chaussures n'a rien dit, il a assumé. Les chiffres des ventes étaient catastrophiques, les modèles de chaussures proposés complètement dépassés, et fidèles à ce que la centrale d'achats savait faire. Mais le responsable du rayon est allé la voir en lui disant : « Il y a un potentiel. Donnez-moi six mois, et on sera le plus gros vendeur de pompes de sport de tous les magasins du groupe. Et grâce à cette reconnaissance, on pourra passer à la deuxième étape, rendre leur fierté à tous les employés du secteur textile… Nous passons la majeure partie de notre vie dans un lit et sur un lieu de travail, faisons tout pour rendre ces moments dignes de frissons… »

Le nouveau responsable ne savait peut-être pas qu'il y avait plus de trois cents magasins en France, alors elle a souri et lui a répondu : « Si on y arrive, ton avenir est tout tracé dans notre belle entreprise ! Nos patrons seront contents ! »

Alors, il lui a répondu : « Je n'agis pas pour obtenir des récompenses et un grade supérieur. Je travaille pour moi, pour me réaliser. Le vrai pouvoir, c'est celui qui laisse les fulgurances et les intuitions de ses collaborateurs s'exprimer. Le pouvoir absolu, c'est de savoir que l'on ne détient pas la vérité. Le pouvoir ultime, c'est de mettre en place les conditions de la liberté pour tenter d'approcher de cette vérité. Les collaborateurs qui organisent leur travail en fonction de ce que "pourrait" penser le pouvoir, et en fonction de l'image qu'ils projettent, conduisent la société vers la stagnation, voire la chute. Si le pouvoir ne s'entoure que de personnes qui ne sont animées que par la volonté de faire ce qu'elles pensent être jugé favorablement ou de ne pas exprimer de contradiction, c'est la fin d'un projet. Ce n'est plus vers l'homme que l'on se dirige, mais vers le statut. Ce n'est plus le projet qui motive, mais l'ambition.

L'humanité a besoin d'intuition et de sincérité, pas de compromis et de fascination… » Et il est parti.

Elle a seulement eu le temps de lui dire avant qu'il ne disparaisse entre deux allées : « Et dès demain, n'oublie pas de mettre ton badge, comme tout le monde ! »

Chaque homme a son odeur. Je viens de découvrir une odeur inconnue.

Je l'appellerai « il ».

5

« Il », donc, adopta une nouvelle présentation pour l'ensemble de la gamme chaussures. L'idée était de déporter le maximum de stock de la réserve vers la surface de vente, pour gagner du temps lors des tâches de manutention, tout en valorisant les produits grâce à de nouveaux éclairages (qui créaient des puits de lumière) et un choix différent de tablettes d'exposition.

Ce changement, qui fut accueilli positivement par les clients et les salariés du magasin, attira la curiosité du directeur qui consacra, durant quelques semaines, un peu plus de temps aux rayons du secteur textile, lors de ses visites matinales.

« Il » mit en place également des jumelages d'offres entre les rayons.

Le principe était de proposer des panoplies d'articles en provenance des quatre rayons du secteur (homme, femme, enfant et chaussures) avec des remises quantitatives.

C'était innovant car, en général, c'était plutôt la

guerre entre les responsables des rayons. Une guerre nourrie par l'appréhension des comparatifs de chiffres d'affaires et de marges, et par l'assiduité que mettait la hiérarchie à pousser les responsables à surpasser leurs voisins géographiques et leurs homologues des autres magasins du groupe. Il fallait être reconnu, insatiable et rentable. Et tout ça avec le sourire. En fait, des sortes de rictus, quand, à six heures du matin, on doit simuler l'enthousiasme à la place d'un bâillement.

Elle s'est vraiment intéressée à la mise en place de ces actions commerciales, elle a voulu travailler avec lui, réfléchir avec lui. Ils sont ainsi passés, très rapidement, de la proposition simple de produits panachés, à la réorganisation des gondoles des rayons, afin de créer un véritable univers textile-chaussures et non une addition de rayons sans lien entre eux, et sans esprit commun. Ils ont travaillé ensemble sur un plan qui fusionnait en fait les rayons tout en en marquant les spécificités. Le secteur ne proposait plus des couloirs de produits à ses clients, mais des espaces de curiosité et de tentation.

Ils sont ensuite passés d'un univers de produits à un univers de personnes et de services. Les employés étaient formés pour pouvoir répondre aux demandes généralistes de l'univers textile. Quand les questions se faisaient plus précises, des « spécialistes », avant tout des employés passionnés, avaient été formés pour faire passer le message d'un secteur à l'écoute de ses clients. Les employés apprenaient la vie des autres rayons, et la promiscuité avec la clientèle ne leur faisait plus peur. Ils n'étaient plus de simples «bourreurs» de rayons, mais des interlocuteurs formés pour répondre aux besoins des clients. Les employés n'étaient plus affectés à des tâches répétitives selon des plannings, mais s'adaptaient en fonction de la demande et se disséminaient dans les ambiances mises en valeur par les produits sélectionnés et d'originales opérations commerciales.

L'ambiance au sein du secteur se trouva ainsi métamorphosée, le climat favorisant l'émulation et l'entente cordiale entre les rayons contribua à l'amélioration des résultats commerciaux. Le textile était devenu un secteur en vue. Il était temps. En général, les rayons du secteur textile sont méprisés dans un hypermarché. En grande partie en raison des produits proposés, bien souvent des marques inventées, de pâles copies du luxe, et des idées de présentation désuètes. En quelques semaines, le secteur n'était plus considéré comme la verrue centrale de l'hypermarché, mais la plaque tournante d'un magasin moderne et dynamique.

Les premières livraisons des chaussures de mode fabriquées par les plus grandes marques de sport, mais livrées par des fournisseurs indépendants, ont redonné une crédibilité au secteur textile, jamais vécue par l'ensemble des employés des rayons concernés. La vraie difficulté fut de déterminer les sources d'approvisionnement, évidemment non officielles, puisque aucun fabricant ne souhaitait voir son image et sa notoriété galvaudées en étant présent visiblement dans une enseigne d'hypermarché.

Mais « il » avait réussi, et c'était maintenant les fournisseurs de ce « marché parallèle » qui se disputaient les budgets d'achats validés par la direction du magasin. Des jalousies se déclarèrent, mais rien ne pouvait atteindre les membres de l'univers textile ; la chef du secteur était souvent souriante, et c'est à cette époque qu'elle s'est posé la question de savoir si elle était tombée sous « son » charme ou sous celui d'un possible « nous ».

Elle était simplement heureuse et détendue. Elle ne tirait pas, des bons résultats de son secteur, une fierté exagérée. Elle appréciait surtout le climat serein qui régnait dans ses allées. Elle se surprenait, parfois, à profiter d'échanges cordiaux avec des personnes jusque-là méprisées. Elle était apaisée et vivait la minute en cours sans souci de la suivante ; elle en oubliait même de remettre le masque, celui qui impressionnait, celui de l'apparence, celui qui représentait ce qu'elle n'était pas.

Oui, elle se souvenait de cette époque comme de celle du répit. Les résultats commerciaux surprenants étaient le fruit de cette ambiance à laquelle, maintenant, elle tenait tant. Mais elle avait mis le doigt dans un engrenage destructeur. Car son état euphorique lui causait bien des tourments quand, parfois, elle se reprochait, à s'en ronger l'âme, de ne pas avoir assez surveillé ses faits et gestes, tout ce qui faisait partie de son personnage, tout ce qui constituait ce qu'elle était. L'apaisement n'était donc jamais durable, et sa sincérité finalement peu endurante.

Je suis si heureuse et si sereine que, pour la première fois, Gilbert pense que je le trompe…

Je n'aime pas quand il me dit : Je ne te reconnais plus. Cela me fait presque peur.

Mes rêves ont d'ailleurs changé. Par exemple, très souvent, je rêve que je pars en voyage.

Je pars en voyage, mais sans bagages. Je suis sur la coursive d'un bateau de croisière.

Les touristes sont nombreux, je suis au milieu d'eux, mais personne ne me remarque.

Et quand je regarde le auai, la personne qui me fait de grands signes, la personne qui me salue de loin… C'est moi.

6

Les mois passèrent, et ce que le responsable avait prédit se réalisa.

Le rayon de la chaussure de sport réussit à accéder au premier niveau des listings nationaux comparatifs. L'hypermarché dans lequel elle travaillait, qui n'était pas le plus grand, consacrait une attention et un investissement mesurés au secteur textile. Malgré cela, le magasin se retrouvait pour la première fois en tête d'un classement officiel de l'enseigne.

Quand, un soir, elle montra à Gilbert le document informatique qui plaçait le rayon en tête des statistiques de l'enseigne, elle comprit qu'elle venait de tracer une ligne qui allait rester entre eux comme une cicatrice. Car « il » avait exigé, pour atteindre son but, de ne plus recevoir de sélections de produits en provenance de fournisseurs qu'il n'avait pas validés. Et comme les sélections de marchandises promotionnelles étaient, jusqu'à présent, livrées par la société de Gilbert, elle avait dû faire croire à ce dernier qu'il s'agissait là d'une décision de sa hiérarchie, afin d'écouler quelques vieux stocks :

– C'est une affaire de quelques semaines. Dès que nous aurons retrouvé un niveau de stock normal, tu pourras nous livrer tes lots de marchandises.

– Je ne te reconnais plus.

– Mais enfin, Gilbert, on ne va pas se fâcher pour quelques godasses de sport.

– Ton hyper, c'est mon seul client. J'ai des engagements financiers avec des fournisseurs. Ces quelques semaines me foutent dans la merde. Et ce ne sont pas les rares commandes de textile qui compenseront l'arrêt des commandes de chaussures. Il y a un vrai engouement pour la mode sportive en ce moment, ton responsable de rayon est un opportuniste, il l'a bien compris, il profite d'un phénomène, et toi tu lui donnes carte blanche, voilà la vérité.

– Mais pas du tout.

– Si ! Car tu sais très bien que ce ne sont pas les sélections de la centrale d'achats qui contribuent à vos résultats. La preuve, vous êtes premiers, et pas les autres.

Gilbert, malgré ses défauts, comprenait vite. Et malgré la pertinence de ses arguments, elle a continué de nier. Elle a continué de lui faire croire qu'ils écoulaient de vieux stocks et que c'était grâce, essentiellement, à une présentation améliorée que les ventes avaient progressé.

Elle mentait, comme une femme infidèle. L'hypermarché contenant toutes les émotions et les moments de sa vie, c'était logique. Elle trompait Gilbert professionnellement et, dans son cas, ce n'était pas moins cynique et moins excitant qu'une passade amoureuse.

L'odeur nouvelle me fait presque oublier le besoin de m'accaparer celle des autres.

L'odeur nouvelle, je ne veux pas la prendre, je veux qu'elle m'enrobe, je ne veux pas l'emprisonner, je veux qu'elle m'enveloppe, qu'elle me protège.

7

Elle profitait des absences du responsable du rayon chaussures pour se reconstruire et redevenir la chef de secteur intrigante et manipulatrice que tous les employés regardaient avec méfiance, et la hiérarchie avec complicité.

« Il » quittait le magasin chaque semaine, pendant plusieurs jours, pour négocier des lots de chaussures et des invendus internationaux qui revenaient par container en France. Le magasin mettait à sa disposition un véhicule, et il partait seul visiter des entrepôts, organiser des livraisons et réserver des opportunités.

Le volume des commandes prenait une telle ampleur que la centrale d'achats de l'enseigne, qui avait accès aux statistiques de ventes, de stocks et de marges de chaque magasin, demanda ce qui se tramait dans cet hypermarché atypique. Mais la direction la couvrait, et elle « le » couvrait, et l'activité continuait de progresser.

Les résultats étonnants du rayon chaussures intriguaient le nouveau directeur, mais sans plus. L'incidence en termes de résultats financiers était dérisoire. Lors d'une réunion de direction, elle avait défendu le travail effectué depuis six mois sur l'ensemble du secteur, en insistant sur l'aspect symbolique, pour un magasin, d'avoir une famille de produits en tête des ventes au niveau national.

« La symbolique ne nourrit pas son homme... », lui avait répondu le nouveau directeur du magasin. Étrangement, elle n'avait pas accepté ce mépris. Peut-être parce qu'il était plus violent que celui qu'elle essayait d'éviter lors de ces réunions, quand elle noyait ses présentations de courbes « bidon » et de commentaires éculés, avec comme unique objectif de sauver la face de son secteur et de transformer des statistiques peu encourageantes en potentialités évidentes.

Mais c'était avant, et maintenant elle avait des arguments à faire valoir et des résultats à revendiquer... Le fait de ne plus avoir besoin de maquiller la réalité n'était pas, selon elle, suffisamment reconnu par la direction. Mais se rendait-elle compte de la folie de cette exigence muette qui aurait fait tomber la muraille de toutes ces années de leurre, ultime rempart à sa fragilité ?

Elle a osé utiliser l'argument du mépris directorial auprès de Gilbert pour qu'il cesse de lui en vouloir de ne plus valider de commandes auprès de sa société :

« Même le directeur du magasin se fiche des résultats du secteur et des classements entre les rayons. Tant que l'on ne fait pas de vagues, et que l'on équilibre nos frais, on fait ce que l'on veut. Alors cesse de râler, dans peu de temps, on reprendra nos habitudes… »

Les deux amants étaient allongés. Sur le lit de sa chambre, elle aurait pu embrasser Gilbert, mais elle ne l'a pas fait. Elle trouvait assez cohérent de ne pas le faire.

Elle se laissait, sans le vouloir, prendre au piège du mensonge.

La ligne était là, qui les séparait. C'était la première fois qu'elle ne voulait pas de l'odeur de Gilbert, ni sur elle ni en elle. Elle lui a demandé de rentrer chez lui. C'était la première fois qu'elle lui imposait cela.

Elle savait qu'en le repoussant elle prenait un risque. Gilbert faisait partie de son équilibre, au même titre que son travail, que son secteur, que ses employés, que le magasin et les évènements qui gravitaient autour.

Gilbert est parti, mais quelque chose de lui est resté, qui planait au-dessus d'elle. Alors elle est partie, elle aussi, elle a quitté la maison. Elle est allée dormir dans un hôtel de l'arrière-pays, peut-être pour s'éloigner de cette fameuse ligne, ou bien la regarder de loin, comme lorsque l'on méprise ce que l'on juge enfin dépassé.

Elle a emporté le livre qu'«il» lui a offert. Un petit bouquin de quelques pages, qui parlait des corps qui se courbent pour éviter de tomber, et de tous ceux qui ne résistent pas, qui se laissent volontiers happer par une mélancolie exagérée.

Quand le responsable du rayon chaussures lui avait donné ce livre, négligemment, après une réunion commerciale, «il» lui avait dit : «Je l'ai en double, ce serait con de le jeter… » Elle lui avait demandé : «Pourquoi tu me le donnes, à moi ?», et «il» lui avait dit en souriant : «Vous êtes la première personne que je croise ce matin. Vous me croyez ? Et puis, à force de donner de ma personne pour que votre secteur se développe, il est temps que cela change. Alors, mieux que moi, je vous donne ce bouquin. Vous verrez, vous aimerez caresser ses pages, elles ont été imprimées à l'ancienne, sur un papier rugueux comme la paume d'un vieux.»

Après la lecture du livre, elle a fait la deuxième erreur qu'il ne fallait pas commettre : elle a éprouvé le besoin d'inviter ses responsables de rayon du secteur textile à manger, pour marquer par un repas symbolique la cohésion enfin trouvée et leur entente cordiale.

Au milieu des autres, elle le voulait «lui», elle voulait pouvoir «le» regarder vivre hors du contexte du magasin, elle voulait «l'» entendre loin des commentaires de chiffres, loin des analyses de bilans de campagnes commerciales, loin des remarques de fin de journée qui éternisent le moment de se quitter, loin des bruits de la salle de pause, loin des silences de la réserve, loin de la lumière blanche des néons, loin du magasin… Elle était prête à prendre ce risque.

En organisant cette rencontre, elle allait s'éloigner de son territoire, de ses habitudes, de tout ce qui la protégeait depuis vingt ans.

Elle allait se fragiliser, c'était excitant, elle en avait tellement besoin.

Après avoir mis tant d'années à se façonner une personnalité dans le seul but de se sentir acceptée par le pouvoir. Après avoir caché ses faiblesses derrière une connivence étudiée, facilitée par un charme naturel indéniable, elle avait fait le tour de ces manœuvres, qui en fait la tenaient debout, mais pour aller où ?

« On ne va nulle part, quand on n'a pas le courage de rester avec soi. On ne va nulle part en s'interdisant de montrer ses faiblesses. Nos fragilités deviennent une force quand on n'a plus le souci de prouver aux autres ce que l'on n'est pas… »

J'ai écrit ces mots, volés dans un livre que j'aurais dû lire plus jeune. Mais plus jeune, je n'aimais pas lire, je préférais attendre. Et quand on attend, on ne peut pas faire deux choses à la fois.

Je pense à Gilbert. Je m'en veux de lui en vouloir. C'est bien le seul qui m'aime et qui me suit depuis vingt ans, sans remettre en question ce que je suis. Mais je sais aussi que Gilbert ne connaît que celle que j'accepte de lui montrer.

8

« Lui », qui perturbait les méthodes de travail, la perturbait elle, plus sûrement. Plus profondément que quelques gondoles bougées ou de vagues statistiques transfigurées. Tout ce qu'elle n'était plus était de sa faute. Cet effritement de sa personne, qu'elle tentait de maîtriser maladroitement en essayant de remettre de l'ordre dans ses postures, allait dans peu de temps, si elle n'y prenait garde, dévoiler l'étendue des dégâts psychologiques provoqués par vingt ans d'une vie basée sur l'absurdité de la représentation.

Consciente que son équilibre, celui qu'elle pensait nécessaire à sa survie sociale, ne tenait que sur le fil de sa volonté, elle profitait des absences du responsable du rayon pour se reprendre, pour travailler comme avant, pour vivre comme avant… Elle recommençait à pousser ses équipes, en les motivant, de façon parfois un peu brusque, tout en maniant le sourire et la menace. Elle reprenait goût à ses moments de solitude puisqu'elle avait décidé de moins voir Gilbert ; et tout cela contribuait à éloigner d'elle certaines émotions, qu'elle considérait comme néfastes à son épanouissement.

Mais dès qu'« il » revenait, dès qu'« il » exposait devant les membres du secteur ses projets, et qu'« il » leur montrait ses nouveaux achats, dès qu'« il » la sollicitait au milieu des autres en diffusant en elle cette impression étrange d'être seule et accompagnée, entraînée par cette ambiance et toutes les idées qui foisonnaient autour de « lui », emportée par son enthousiasme et ses caresses du regard, elle oubliait ses résolutions.

Elle était heureuse, mais elle ne le savait pas. Elle était sereine, mais elle n'arrivait pas à formaliser son état. Elle n'aurait pas compris que l'on puisse démontrer le bonheur en se basant sur un lien invisible, non concret et qui, pourtant, expliquait tout.

Elle était si bien qu'elle décida de l'organiser, ce fameux grand repas, cette mauvaise idée qu'elle avait jusque-là repoussée. Elle décida de l'organiser chez elle ; un repas comme elle n'en avait jamais fait. Elle attribua cette décision à un besoin normal de chef : celui de réunir son équipe dans le but de consolider une cohésion naissante ; un acte évident de management qui serait perçu favorablement par la direction de l'hypermarché.

Je n'invite jamais personne chez moi, je préfère cloisonner pour ne pas mélanger les genres. Mais j'ai envie de faire comme à mes débuts, quand je prenais des initiatives sans grande réflexion et que ces décisions me faisaient avancer. J'ai décidé de l'organiser ce repas, chez moi. D'abord parce que j'en ai envie, et ensuite pour savoir, tout simplement. Pour savoir ce qu'il y aura, après.

9

Elle a évidemment demandé à ses parents de traverser le petit jardin qui sépare les deux maisons mitoyennes et de s'essuyer les pieds avant d'entrer par la baie vitrée du salon. Elle a également convié sa cousine et son mari, elle a invité le couple de voisins, à qui elle dit bonjour pour qu'ils surveillent sa voiture. Elle a invité le chef du secteur des articles de jardin, car sa femme était copine avec sa cousine. Puis, elle a invité ses quatre responsables de rayon du secteur textile. Elle considéra comme une chance que seulement deux d'entre eux puissent venir, car cela limitait les risques… Les deux personnes de son secteur qui avaient répondu favorablement à son invitation étaient la responsable du rayon textile homme, qui viendrait seule, en pensant peut-être « le » séduire ; et « lui » donc…

Ce qu'elle ne sait pas, c'est qu'en le nommant « il », elle lui confie une mission divine. Celle de triturer au fond de son être des secrets trop bien gardés. Elle lui concède inconsciemment le droit de la fouiller pour faire sortir l'innocence du début, peut-être malheureusement gangrénée à jamais. Elle confie à cet homme, sans le savoir, le devoir de lui expliquer ce qu'elle n'est pas, et de lui parler de ce qui ne se voit pas. À cet homme de la rassurer, de lui dire que cela n'est rien, que le meurtre est oublié, celui de l'enfance ; qu'il n'y a pas de coupable, que ce n'est finalement pas un meurtre, peut-être un simple abandon. La preuve, elle commence à apprécier de retrouver ce qu'elle était. Ou plutôt, elle commence à apprécier ce qu'elle pourrait être…

Elle s'élève en somme, comme le vide s'enfuit. Et cela continuera, jusqu'au jour où « il » sera l'« autre ».

Mais laissons-lui un espoir. Trompons-nous quelques instants. Laissons à cette femme l'espoir que rien n'est décidé d'avance ou, plus sournoisement, que tout est décidé d'avance mais que tout s'arrange un jour. Non pas parce que c'est écrit, mais parce que la volonté seule suffit pour modifier la perception que l'on a des évènements de sa vie.

Lors de ce repas, il n'y eut aucune discussion ayant un rapport proche ou lointain avec le magasin. Sauf une fois. Le moment provoqua une réaction, cachée, que seules ses entrailles eurent à supporter. Ce moment fut celui du début de sa révolte.

Mais revenons à ce moment, et à l'évènement qui aurait causé cette réaction.

Sa cousine avait simplement montré, puis commenté, les chaussures de sport qu'elle portait et qu'elle avait achetées dans le rayon de l'hypermarché. Elle avait dit que « son » passage, dans ce magasin, marquerait les esprits.

Et ce fut tout.

Ce fut banal, insignifiant, léger, et peut-être ironique.

L'apéritif se poursuivit, les sujets de conversation s'enchaînèrent et personne ne releva la remarque. Mais la chef du secteur textile prit la réflexion de sa cousine comme une attaque, un dénigrement, un mépris. Comme si elle n'existait plus. Comme si elle subissait le succès sans en être l'instigatrice. Puisque, placée devant ce qui était visible, en l'occurrence le théâtre bruyant de l'hypermarché, on ne la voyait plus, que lui restait-il à montrer ?

Selon elle, rien.

Le moment fut bref, mais le moment eut lieu.

Et il prouve qu'à l'époque, elle n'était pas guérie de ses vingt ans de lutte.

Quelques convives prirent congé vers minuit. Très rapidement, les derniers invités, qui ne voulaient pas goûter le fond de la bouteille de vieille prune que le père de son père préparait après-guerre, quittèrent la maison. Elle partagea la dernière goutte, la dernière preuve du passage de son grand-père sur terre, avec « lui » et sa collègue du rayon textile homme. Mais l'alcool était fort, et l'ivresse fatiguée ; alors les deux responsables de rayon partirent ensemble.

Elle n'a pas aimé ; elle a imaginé.

Mais elle a souri, quand même, comme elle sait le faire au magasin, avant de dégainer un regard de haine.

Ils quittèrent la maison en lui laissant par négligence, ou indifférence, un sentiment de solitude implacable. Le genre de détail que l'on viendra reprendre, un jour prochain, si l'on y pense, lors d'une visite impromptue. Elle était laissée seule, face à elle-même, comme elle aurait dû aimer, mais ce soir-là ce fut insupportable et tragique à vivre Triste et seule, courbée par l'évidence d'une vie aux contours flous et si fragiles, elle venait de comprendre que le noir du vide avait un poids, et que ce poids pouvait se ressentir, et étouffer.

Mais la porte d'entrée de sa maison vibra sous les coups d'un poing d'homme.

Parce que c'était un homme qui cognait.

Il n'y avait qu'un homme pour la rappeler à l'ordre et l'empêcher de mourir étouffée sous une mélancolie étrangère et soudaine. Il n'y avait qu'un homme pour s'amuser à faire battre son cœur si tard dans la nuit. Un homme qui avait préféré cogner dans sa poitrine que d'appuyer sur la sonnette. Et cet homme, elle le connaissait, et elle allait lui ouvrir, parce que la femme que l'on avait laissée seule dans sa maison avait compris que ce n'était pas trop beau pour être vrai.

C'était juste vrai, et donc beau.

10

Elle a ouvert la porte, sans trembler, en faisant face à ses responsabilités, habituée à gérer ses émotions. Et voici le dialogue qui suivit ce face-à-face dans la pénombre de ses vingt ans :

– Que se passe-t-il, tu as oublié quelque chose ?

– Non… Enfin si.

– Tes clés de voiture ? Ton téléphone ?

– Non, non.

– Eh bien, entre…

– Non… Je préfère rester dans le noir.

– Que se passe-t-il ? Tu m'inquiètes…

– Il y a que… Que cela ne va pas…

– Qu'est-ce qu'il y a qui ne va pas ?

– Eh bien, au magasin, ça ne va pas du tout.

– C'est-à-dire ? J'ai fait quelque chose de mal ? Je ne pense pas, au contraire… Je suis si contente de l'ambiance qui règne dans l'ensemble du secteur… Un peu grâce à toi, je l'admets… Mais si je suis responsable du problème dont tu parles, dis-le-moi…

– Oui, en fait c'est tout à fait ça… Le problème, c'est toi.

– Comment cela ?

– Le problème, c'est toi… Et c'est moi… Le problème, c'est nous… Alors voilà, j'ai décidé de quitter le magasin.

– C'est un problème si grave ?

– Oui. Car il nous concerne, tous les deux.

Elle a regardé l'homme. Elle n'a rien trouvé à répondre. C'est lui qui a continué de parler, qui a tenté d'expliquer :

– C'est devenu impossible, pour moi, de continuer.

– Tu… Tu divagues… As-tu réfléchi à ce que tu dis ?

– Non… Je n'ai pas réfléchi. On ne réfléchit pas quand on vit ce genre de moment. Je n'avais pas prévu de te dire ça ce soir… Mais je pense qu'il vaut mieux que je quitte le magasin, au plus tôt…

– C'est une plaisanterie ? Mais enfin, c'est idiot, tu ne vas pas tout gâcher et briser ta carrière pour une bête histoire de… Qui n'existe pas d'ailleurs, il n'y a pas d'histoire, il n'y a rien. Alors, pense à ta carrière.

– Mais tu ne comprends pas que je n'en ai rien à foutre de la carrière et du magasin et de ton foutu secteur. Je te l'ai dit, à l'époque, qu'un jour je partirais, et ce jour est arrivé…

– Non ! Je ne veux pas… Enfin pas comme ça… Il faut que tu réfléchisses… Écoute, il est tard, on a bu… Il faut qu'on parle tranquillement de tout ça, calmement. Viens demain, demain matin. C'est dimanche. Viens demain, si tu peux, et on parlera de tout ça… Après une bonne nuit de sommeil, tu verras, tu comprendras la folie de ta décision.

– De quelle décision tu parles ? Celle de te dire que je t'aime ou celle de quitter le magasin ?

– Viens demain… Et on parlera.

Et « il » est parti en lui disant : « Je viendrai à midi, on ira manger dans l'arrière-pays, dans le pays de mes ancêtres. Avec eux autour de nous, on saura ce qu'il faut faire… »

L'« autre » existe, mais je ne veux pas qu'il vienne.

11

« Il » est venu.

Il est presque treize heures, et elle pensait qu'il ne viendrait pas.

Elle s'était persuadée qu'il n'allait pas venir.

Quand l'alcool est parti, les enthousiasmes deviennent des gestes de désespoir, et les déclarations d'amour des aveux d'impuissance. C'est ce qu'elle s'était dit, quand il était parti, la veille… Mais « il » est là.

C'est un homme qui semble apaisé, comme s'il avait gagné la première manche d'un duel. Et ce regard satisfait ne lui plaît pas, alors elle le prévient :

– On va manger, mais bon, je préfère être franche avec toi. Le dimanche, j'ai mes habitudes. Et je n'aime pas en changer. Ne crois pas, parce que je t'ai dit de venir, que tu as gagné la partie. Je suis une résistante, moi, une battante. On ne me fait pas tomber dans son escarcelle aussi facilement.

– Mais… C'est toi qui m'as dit de venir.

– Je t'ai dit de venir, parce que je pensais que tu ne

viendrais pas. Je pensais que tu cuverais ton vin, que tu réfléchirais, et que tu m'appellerais pour t'excuser.

– Pour m'excuser de quoi ? De t'avoir fait une déclaration sur le pas de ta porte ?

– Non. De m'avoir fait un chantage à la démission.

Cette discussion eut lieu dans sa voiture. Une drôle de voiture italienne, qui faisait un bruit sourd et qui sentait fort le cuir. Évidemment, elle l'écoutait parler, car tout ce qu'elle aurait pu dire, elle ne l'aurait pas pensé. Elle n'avait qu'une obsession, se protéger. Ne pas se dévoiler et continuer d'avoir une attitude cohérente, une attitude de chef de secteur.

Elle décida de le convaincre de ne pas tenter de perturber sa vie, à elle :

– Tu te rends compte ? Quitter son travail, comme ça, du jour au lendemain ? Après tout ce que l'on a investi sur toi. Les formations, les accompagnements, les frais de déplacement pour visiter les autres magasins du groupe ? Les semaines de stage dans le département, avec toutes ces nuits d'hôtel, tous les secrets du métier divulgués, les documents transmis, la confiance accordée, les salaires déjà payés, et les primes qui vont suivre…

– Je partirai, mais je ne m'enfuirai pas. Il suffira de convenir ensemble d'une date qui ne gêne personne.

– Mais enfin ! Je ne te comprends pas ! Tu as un travail, une progression professionnelle évidente grâce aux résultats que tu obtiens. Quand on a la chance d'avoir trouvé un mur sur lequel s'appuyer, on ne le brise pas sur un coup de tête ! Ne fais pas cette folie de tout perdre !

– Comme tu dis si bien : tout perdre. Mais démissionner, c'est te perdre toi. Et c'est plus dramatique que de perdre un boulot. Si je démissionne, c'est pour te laisser tranquille, et non me faciliter la vie.

Elle n'arrivait pas à trouver les bons mots. Quand elle lui disait de ne pas démissionner, elle lui demandait en fait de ne pas la quitter. Quand elle lui parlait de son évolution professionnelle, elle ne voulait qu'une chose : continuer de l'admirer. Mais les vrais mots de l'amour ne sortaient pas. Et lui continuait de conduire et parlait de moins en moins. Peut-être parce que tout ce qu'elle pensait, sans oser le lui dire, les séparait plus nettement qu'un refus poli que l'on émet simplement quand les sentiments sont absents.

Elle lui a dit : « Ne m'emmène pas trop loin, quand même… », et l'homme lui a répondu :

– Je ne t'emmènerai pas trop loin, c'est promis. Mais j'aurais pu t'emmener beaucoup plus haut… Tu as tort de ne pas me faire une petite place.

– Mais enfin, qui es-tu pour penser que ma vie n'est pas organisée ? Qui es-tu pour oser penser que tu pouvais t'y faire une place ?

Tout ce qu'elle disait était renvoyé comme une balle. Et le mur qui s'interposait, c'était celui qu'elle avait érigé pendant toutes ces années, et qui ne se lézardait pas, qui résistait aux tentatives de plus en plus précises de cet homme, qui était le premier qui se proposait d'accepter d'elle ce qui ne se voyait pas.

Ils ont mangé dans un restaurant occupé par des couples de vieux, silencieux et courbés sur leur assiette, crispés par l'enjeu de se nourrir sans plaisir. Ils ont essayé de parler d'eux, pour quand même rentabiliser ce premier repas pris en tête à tête. Elle ne révéla pas beaucoup de choses, tout simplement parce qu'elle n'avait rien à dire. « Il » n'en disait pas plus sur lui, mais il parlait des autres membres de sa famille, et c'étaient ses morts.

Quand cet homme, avec qui elle partageait son dimanche, osa lui demander pourquoi elle n'avait pas d'enfants, elle lui répondit, sans hésiter, qu'elle avait fait le choix de s'occuper de ceux d'une autre :

– J'ai deux garçons, ce sont les gosses de ma cousine. Je m'en occupe parce que ma cousine ne sait pas les élever, et que son mari préfère jouer au tiercé avec ses potes, plutôt qu'au ballon avec ses fils…

– Mais ils vivent où, ces gosses que tu élèves ?

– Élever est peut-être un grand mot… Disons que je suis là quand il le faut. Je profite des avantages de ma carte Privilège pour leur offrir des cadeaux à Noël ou les habiller pour l'hiver.

Le dessert fut vite avalé. Elle voulait retrouver sa maison et reprendre le cours de ses dimanches rituels quand, seule chez elle, ses pensées ne bougeaient pas et la laissaient tranquille. Mais « il » insista pour lui faire connaître une demeure de sa famille qui avait été vendue par les derniers héritiers.

– Si cette maison est vendue, pourquoi me la montrer ? lui demanda-t-elle.

– Pour te convaincre que l'esprit ne peut pas se faire dilapider par des enfants qui bafouent la mémoire familiale en échange d'un peu d'argent.

– Tu leur en veux ?

– À ceux qui ne savent pas que l'esprit des aïeux a besoin, pour résister à l'oubli, d'un lieu de mémoire ? Oui. À ceux qui, par leur geste, m'ont conforté dans le culte du passé ? Non. Parce que je suis bien dans la tête de mes morts. Ils me laissent tranquille, vivre ma vie, et parfois ils viennent me causer, et ça me rend heureux.

– Pourquoi tu me dis tout ça ?

– Parce que les propriétaires de la maison, des étrangers de la famille, m'ont écouté parler de mes vieux. Ils ont été si touchés qu'ils me laissent depuis ce jour les clés du portail qui permet, dès qu'on l'ouvre, de fabuleuses retrouvailles.

– Et tu y vas souvent ?

– Très souvent. Mais aujourd'hui, c'est la première fois que je vais leur présenter quelqu'un. Si c'est toi qui donnes une suite à ma dépouille, autant que tu connaisses le nid de la famille.

Elle se leva brusquement, elle demanda au serveur où se trouvait la rue : «… un jardin, une cour, n'importe quoi… j'ai besoin de respirer…».

«Il» s'était levé, inquiet, mais elle lui a demandé de se rasseoir et de la laisser seule. Elle avait besoin de comprendre comment un inconnu, finalement, pouvait lui proposer à elle, qui cherchait à occulter depuis vingt ans le vide de son être, d'être le réceptacle d'une descendance.

Elle respira sous les vieux tilleuls et pensa à sa poche, qui était vide, et qui attendait peut-être, tout simplement, d'être remplie par autre chose que par des odeurs… Elle chercha à transformer le souvenir du parfum de son enfance en naissance. Elle pleura, parce que l'idée de faire un enfant ne l'avait finalement jamais effleurée, et ce constat lui procurait une tristesse jamais éprouvée.

«Il» s'est approché, «il» a tourné autour d'elle. «Il» l'a effleurée avec une feuille d'hortensia. «Il» lui a caressé la joue de son regard. «Il» aurait pu la prendre, la saisir, la dessaisir et l'abandonner. «Il» aurait pu la déchirer, la pénétrer, la révéler. «Il» aurait pu la montrer, l'exposer et l'injurier. «Il» aurait pu la dessiner, nue, elle aurait voulu poser. «Il» aurait pu déclamer des rêves de mots les mains posées sur ses hanches. «Il» aurait pu décamper, elle l'aurait suivi. «Il» aurait pu tout ce qu'il aurait voulu, car elle aurait aimé tout ce qu'il aurait fait. Mais «il» n'a rien fait.

Ils sont rentrés en roulant un peu vite, et elle n'avait qu'une peur : celle que plus jamais « il » n'ose lui parler comme « il » lui avait parlé.

L'homme devait se demander si tout ce qu'il avait fait était utile, et si l'idée de son départ, pour ne pas déranger l'ordre des choses, n'était pas ce qui convenait le mieux, pour deux êtres si proches, dans cette voiture, mais si éloignés par la pensée.

À quelques centaines de mètres de chez elle, « il » lui prit la main. Elle se laissa faire, « il » la caressa doucement.

« Il » ne parlait toujours pas, et pourtant elle n'avait qu'une envie : l'écouter.

« Il » arrêta le moteur de sa voiture et lui confirma qu'il serait là demain, au magasin, fidèle au poste. « Il » lui a dit qu'il remettait à plus tard son désir de partir. Elle lui a répondu que c'était mieux de parler ainsi, qu'il fallait être adulte et ne pas tout gâcher en n'écoutant que son cœur.

« Il » s'est penché vers elle et l'a embrassée. Elle lui a demandé : « Pourquoi maintenant ? Pourquoi ne m'as-tu pas embrassée quand nous étions sous le tilleul de tes ancêtres ? » L'homme l'a regardée et elle a ressenti tout le plaisir que peut éprouver une femme quand elle est prise en flagrant délit du besoin d'être punie : « Je ne t'ai pas embrassée car tu n'attendais qu'un baiser, quand moi j'étais prêt à te donner une vie… »

Et quand l'homme est parti, la laissant seule sur le parking du lotissement, elle n'a pas osé lui demander ce qui allait arriver lors des prochains jours de sa vie.

Le moteur bruyant de la voiture ne s'est jamais arrêté.

Elle doit l'entendre encore aujourd'hui.

« Il » m'a posé la question. Comment a-t-il pu ?

Cette question d'enfant m'a empêchée de bien dormir.

À tel point que j'ai fait un drôle de rêve : j'ai rêvé que je déambulais dans le rayon textile enfant de l'hypermarché. Le magasin était fermé, j'étais seule, et je me promenais, nue, dans le rayon enfant.

Je ne me souviens pas de la fin de mon rêve.

12

Le lendemain, les cadres du magasin étaient convoqués pour la première réunion de direction du nouveau directeur. La rencontre était prévue à neuf heures trente. Après deux heures d'échanges, une visite du magasin avait été planifiée afin que le directeur puisse faire connaissance avec les employés.

Elle était arrivée au magasin à neuf heures. C'est-à-dire après l'ouverture des portes au public. Cela ne lui arrivait jamais de ne pas être visible, et ainsi vue par les autres, bien avant les premiers clients.

Avant la réunion, elle était allée « le » voir dans son rayon. « Il » donnait ses directives aux employés. Son arrivée, évidemment, attira les autres responsables de rayon du secteur textile. Ils étaient curieux. Ils voulaient savoir pourquoi elle était arrivée si tard ce matin. Ils s'inquiétaient pour sa santé. Ils s'inquiétaient pour son moral.

Elle était face à eux, mais elle ne regardait que lui.

Elle a murmuré : « C'était bien, hier… »

« Il » a eu le réflexe de répondre : « Vous vous trompez, le repas chez vous, c'était avant-hier… » Ce qui eut pour effet de faire réagir les deux responsables de rayon qui n'avaient pu répondre favorablement à son invitation : « C'est vrai ! Et alors ? C'était sympa ? » La discussion qui suivit ne l'intéressa pas, elle a demandé au responsable du rayon chaussures de l'accompagner dans la réserve pour lui montrer les nouveaux arrivages qu'il avait fait livrer, et les membres de l'équipe du secteur se sont dispersés.

Ils faisaient maintenant face à cinq mille paires de chaussures de sport, empilées sur des palettes près du quai de livraison. Le personnel chargé de contrôler l'état des colis faisait son travail consciencieusement, en raison peut-être des noms des marques prestigieuses mentionnées sur les cartons.

Elle « l' » écoutait lui expliquer les avantages de tel modèle, le prix d'achat de tel autre. « Il » lui montrait les paires qui allaient faire l'objet d'une « opération exceptionnelle » et celles qu'il allait retenir pour compenser les marges plus faibles. « Il » évoquait les concurrents, qui commençaient à réagir. « Il » expliquait comment il envisageait la prochaine campagne de publicité.

« Il » parlait, et elle n'écoutait que pour rester avec « lui ». Elle l'écoutait pour repousser l'instant. Celui qu'elle allait devoir passer avec les autres.

Et puis, brusquement, sans prévenir, elle est partie.

Parce que tout de même, il ne fallait pas oublier

qu'elle était chef du secteur textile, avec des engagements et des obligations.

Elle est partie parce que subitement, en « l' » écoutant, elle s'est revue, quelques minutes auparavant, quand elle lui avait dit : « C'était bien, hier… » En se revoyant ainsi, au milieu des autres, se trahir bêtement, comme si elle s'était jetée sous un train, elle a frissonné, à cause non pas de la peur de mourir, mais de la peur du vide. Une peur qui dépassait en intensité l'émotion qu'elle avait ressentie quand elle avait pris la décision de se remettre en question, il y avait vingt ans, à travers un stage professionnel. Une peur qui lui rappelait que sans le magasin, et son courage, et le statut qui était fourni avec son badge, elle ne serait plus grand-chose. Elle s'inquiétait de sa propre attitude, qui ne correspondait pas à la règle de conduite qu'elle s'était infligée pour sa stabilité et son confort personnels. Ce genre d'écart de conduite, en public, n'avait aucune raison de ne pas se répéter. Il lui fallait maintenant anticiper, pour mieux se maîtriser, et définitivement éradiquer le risque de se laisser aller. Et ceci au plus vite. Et ceci sans attendre.

Cette détermination lui fit du bien.

Elle a éloigné d'elle le souvenir de ces derniers jours, et elle a appelé Gilbert. Il lui fallait sa voix et son assurance. Il lui fallait ressentir la protection de son vieil amant, celui qui l'empêcherait à coup sûr de s'éloigner de sa rive, à l'écart des mauvaises idées vendues aux candides du destin.

Le directeur du magasin a invité tous les chefs de secteur au restaurant afin de leur présenter le nouveau responsable des ressources humaines. C'est une femme. Elle est petite et très bronzée. Elle revient d'un voyage dans les îles. Elle sourit beaucoup. Elle leur a dit qu'elle était mariée, et que ses deux grands fils étaient chercheurs à l'étranger. Elle a fait des études de psychologie. Elle est passionnée par son travail, qu'elle pratique seulement depuis cinq ans au sein de l'enseigne. Elle a fini sa présentation en leur disant que « … tant que je prendrai du plaisir à travailler, et tant que mes patrons continueront à me marquer leur satisfaction, vous pourrez tous, sans exception de grade, de secteur ou de sexe, compter sur ma totale implication et mon soutien sans faille… »

Cette femme ne lui plaisait pas. Mais cette impression fut brève. Elle voulait profiter de sa plénitude retrouvée et ne pas se laisser influencer par de mauvaises pensées.

Le responsable du rayon chaussures lui semblait maintenant loin d'elle, remis à sa place, définitivement. Elle accordait à cet éloignement une influence déterminante sur l'apparition de cette sérénité dont elle voulait fixer les effets pour longtemps.

Après le déjeuner, les chefs des secteurs et les cadres

administratifs du magasin ont accompagné le nouveau directeur qui souhaitait faire connaissance avec le magasin et les employés présents.

Quand il a fallu présenter les équipes du secteur textile, elle a surtout évoqué les perspectives passionnantes du rayon textile femme, et celles de son responsable. Elle savait que le nouveau directeur et la nouvelle responsable des ressources humaines seraient intéressés par le profil du garçon qui venait d'un autre pays, et qui souhaitait obtenir la nationalité française.

Cette attention était en fait une diversion. Cette diversion lui permettant d'éviter les questions qui auraient concerné le rayon chaussures.

Car si elle « l' » avait remis à sa place, elle se savait convalescente, et peut-être encore fragile. Il était hors de question de faire la même erreur que celle du matin. Elle ne voulait pas prendre le risque, devant toute l'équipe de direction, de laisser un trouble ridicule la trahir. La visite du secteur textile fut écourtée grâce à une bande de jeunes qui cherchait à intimider les vigiles de l'accueil. Lorsque l'incident prit fin, chacun retourna à ses habitudes, à ses routines, en commentant l'attitude générale du nouveau directeur.

En fin de journée, le directeur du magasin l'a invitée dans son bureau pour discuter, pour mieux se connaître. Elle était assise en face de lui, elle était bien, elle se racontait en mêlant des souvenirs inventés et des anecdotes vécues, elle évoquait son parcours, elle profitait de l'instant.

Son téléphone a sonné, c'était « lui ».

Avant de répondre, elle s'excusa auprès du directeur, et resta assise :

– Oui ? demanda-t-elle sans dévoiler la moindre émotion.

– On peut se voir ?

– Ce ne sera pas possible.

– Où es-tu ?

– Je suis obligée de raccrocher, je suis avec le directeur, dans son bureau.

– Mais…

– Bonne soirée, à demain.

Elle raccrocha, et la discussion entre le directeur du magasin et sa chef du secteur textile continua, comme s'il ne s'était rien passé.

Avant de quitter le magasin, j'ai visité le rayon textile enfant avec une attention particulière.

J'ai voulu me mettre à l'épreuve.

Je voulais savoir si j'allais éprouver une émotion particulière devant ces vêtements pour bambins.

Je n'ai osé prendre qu'une décision : celle de demander au responsable du rayon de solder les pantalons mauves en 3-4 ans et 6-8 ans, car ils sont vraiment très laids.

13

Le lendemain, « il » était invisible. « Il » avait disparu.

Elle avait oublié que le responsable du rayon chaussures était parti en tournée d'achats pendant trois jours. Les catalogues qui « fêteraient » les anniversaires des magasins devaient être bientôt imprimés, et la place consacrée aux chaussures de sport subitement augmentée. Insidieusement, « il » commençait à s'imposer, « il » gagnait du terrain, « il » en prenait aux autres, en peu de temps « il » avait su se faire une place. Celle qu'elle lui avait consacrée intimement lui est apparue subitement trop importante.

Elle a profité de son absence pour continuer de se rapprocher de celle qui n'aurait jamais fait la bêtise de céder du terrain ou d'abandonner sa position. Celle qui n'aurait jamais risqué de tout perdre en s'ouvrant un peu. Cette jeune stagiaire qui lui faisait signe, qui lui disait « reviens… ».

Le responsable du rayon chaussures l'appelait tous les jours.

Quand elle décrochait le téléphone pour lui répondre, elle lui parlait froidement. Elle l'obligeait à n'évoquer que le travail, ce lien objectif qui les unissait. Dès qu'il tentait d'évoquer leur intimité naissante, elle lui mentait et prétextait une réunion urgente. Alors elle raccrochait, et elle était soulagée.

Quand elle laissait sonner le téléphone, elle regardait « son » nom s'afficher sur l'écran, et elle commençait un dialogue muet. C'était l'erreur à ne pas commettre, celle de donner à l'absent la place qu'il ne méritait pas. C'est ce qu'elle se disait quand la sonnerie se taisait : « J'ai bien fait de résister… »

Gilbert était là pour la rappeler à l'ordre. Il veillait sur sa carrière, et donc sur sa vie. Notamment en lui demandant à quel moment il pourrait envisager une livraison de produits…

Elle se rappelle lui avoir demandé un lot de vêtements pour enfants. Elle aurait demandé n'importe quoi pour qu'il lui parle comme avant, pour qu'il lui donne des conseils, pour qu'il la sermonne.

Gilbert a dû lui proposer quelques cartons qui devaient traîner dans la réserve de son entrepôt. Elle a dû accepter la commande sans discuter, car son seul but était de renouer un ancien dialogue. Elle ne sait plus ce qu'elle a accepté de recevoir, elle ne sait plus si c'était vendable, mais quand elle a raccroché, elle allait déjà mieux ; car avant cela, avec Gilbert, ils avaient parlé de leur prochain week-end de vacances. Le premier depuis longtemps… Gilbert voulait l'inviter dans un hôtel en Camargue : « On verra des spatules, c'est des oiseaux bizarres, qui ont le bec plat, aussi plat que les pieds de tes responsables de rayon… »

Ce soir-là, elle a fait quelques courses alimentaires dans les rayons du « AL », pour ses parents. Ensuite, elle a fait le plein d'essence à la station de l'hypermarché, et elle a salué l'employée qui nettoyait le pare-brise de la voiture du directeur du magasin.

Elle a pensé à Gisèle qui avait démissionné quelque temps après sa nomination à ce même poste. C'était il y a vingt ans. Elle s'est demandé si elle était morte. Elle n'a pas trouvé sa question idiote, et elle s'est imaginée en train d'écrire sa propre lettre de démission. Elle a commencé par écrire mentalement son nom, puis son prénom, et enfin son adresse. Mais quand il a fallu justifier son choix, c'est-à-dire détailler les raisons qui la poussaient à quitter son poste et l'hypermarché, elle n'est pas restée sans voix. Elle était assise dans sa voiture, et quand le feu est passé au vert, elle a hurlé : « Je ne démissionnerai jamais, tu entends ? Jamais ! Ni pour toi ni pour un autre ! »

Quand elle est arrivée chez elle, elle a garé la voiture en faisant attention de ne pas trop se rapprocher du mur pour ne pas gêner l'ouverture du coffre, et elle a déplacé la poubelle de la voisine que le vent avait fait tomber. Elle a déposé les packs d'eau devant la porte du pavillon de ses parents. Elle n'avait aucune envie de leur parler. Sa voisine lui a demandé de ne plus déposer de tracts publicitaires dans sa boîte aux lettres en lui disant qu'elle ne devait pas beaucoup aimer les arbres. Elle lui a répondu que ce n'était pas elle qui distribuait les tracts et elle lui a dit : « Bonsoir, quand même… »

Son banquier lui avait laissé un message sur le répondeur téléphonique. L'homme lui proposait des placements financiers pour éviter de payer trop d'impôts : « Vous êtes célibataire, vous n'avez pas d'enfants, si vous ne voulez pas vous faire assassiner, il faut défiscaliser… Réfléchissez et appelez-moi… »

Je n'ai pas d'enfants, et alors ?

On ne peut donc pas vivre, tranquillement, quand on est une femme, et que l'on n'a pas d'enfants, sans que l'on nous pose la question de savoir pourquoi on n'a pas d'enfants ?

Et si j'avais été malade ? Et si c'était grave ?

On ne devrait jamais demander à une femme pourquoi elle n'a pas fait d'enfants.

Je n'oserais jamais demander à une femme sans enfants, pourquoi elle n'a pas d'enfants.

J'aurais trop peur de la réponse.

14

Après ces quelques jours sans «le» voir, elle avait complètement oublié qu'elle l'avait aimé. Mais quand elle l'a revu, elle s'est demandé comment elle avait pu oublier qu'elle l'aimait.

«Il» lui a dit brutalement : «Après cinq jours, on peut se voir, ce soir ?»

Elle ne voulait pas céder. Elle ne pouvait pas accepter. Alors, elle lui a répondu : «Et pourquoi, on devrait se voir, pourquoi ?»

«Il» aurait pu sembler surpris, cela ne l'aurait pas étonnée, mais son regard est resté impénétrable.

– Il faut que l'on se parle. Que ce soit de l'avenir ou du passé, même d'un passé ridicule, il faut parler, lui a dit l'homme.

– Je ne suis pas à ta disposition. Comme je te l'ai dit ma vie est organisée, et bien en place. Je ne sais pas ce que tu cherches, passe quand même chez moi, ce soir. Mais ne rêve pas. On ne fera que parler.

Elle n'avait pas trouvé d'autre réponse. Mais ce

qu'elle s'est dit, c'est pourquoi tout simplement, elle ne lui avait pas répondu : « C'est fini entre nous. »

Quand le responsable du rayon chaussures est arrivé chez elle, elle n'a pas aimé qu'il utilise la sonnette pour l'avertir, pour la sonner. Elle a crié : « C'est ouvert ! Entre ! »

Elle tenait la queue de la poêle. Ce n'était pas souvent, mais ce soir elle avait quelques œufs à faire cuire. C'était ça ou les jeter.

– Je te propose une omelette. Désolée, ce ne sera pas mieux.

– Je ne suis pas venu pour faire un festin.

– C'est mieux comme ça.

– Tu as du whisky ?

– Comment tu le sais ?

– Tu es toujours aussi méfiante... Tu as peur que l'on te connaisse, mais pas que l'on te reconnaisse... Notre périple ne t'aura pas changée.

– Sers-toi. La bouteille est sur la table. Désolée, je n'ai pas de glaçons.

– Cela fait deux fois que tu es désolée.

– Ne dit-on pas : jamais deux sans trois ?

– On dit ce que l'on veut quand on est sincère. Utiliser les dictons pour se protéger, ce n'est pas mon habitude.

– Je te regarde, tu es chez moi, et je me demande ce que tu fais là... Je me demande ce qu'une simple balade, un dimanche, et un simple baiser, toujours un dimanche, ont pu te mettre dans la tête.

– Je pourrais te retourner la question. Je te rappelle que l'on est samedi soir. Tu devrais être contente qu'un jeune homme ait envie de te voir...

– C'est toi qui as insisté. Si tu préfères aller t'amuser avec des jeunes de ton âge, la porte est ouverte.

– Parler ne me prendra pas longtemps. Et une omelette ne se mâche pas. Ça s'avale vite.

Elle a mis rapidement la table. Elle a posé une bouteille de vin à moitié vide, et elle lui a dit : «Je n'ai plus de pain, ce n'est pas grave ?» Elle essayait de «le» faire disparaître. Elle avait organisé son accueil, elle avait décidé qu'il n'y aurait pas de jolie table et de bougies allumées. Elle ne s'était pas repliée derrière une jolie robe de soirée, mais de vieilles frusques la tenaient debout. Elle voulait le décevoir, l'éloigner d'elle. Elle ne voulait pas montrer ses véritables sentiments. Mais souhaitait-elle vraiment qu'il n'y ait plus de «lui» ? Elle ne voulait pas le savoir. Se poser la question aurait été une preuve de sa faiblesse. Alors, bêtement, scrupuleusement, attentivement, elle nourrissait sa haine. Elle était en lutte, ce soir-là. Elle était «armurée», prête au combat, et bien décidée à «lui» régler son compte. Elle n'y arriverait pas. Pas ce soir-là.

Quand l'omelette fut avalée, et si peu mâchée, «il» lui a dit :

– Je voulais te proposer...

– Je t'écoute.

– Je voudrais te faire un cadeau.

– Je peux le refuser.

– Je voudrais te faire un cadeau, et quand le cadeau arrivera, je partirai.

– Pourquoi pas. Ça peut me convenir. Un genre de cadeau d'adieu ?

– Je partirai avant que tu ne déballes ton cadeau, pour m'éviter des regrets éternels.

– Tant que tu restes au magasin, tu peux partir quand tu veux…

– Je partirai pour ne pas risquer de trop perturber ta vie et ton équilibre, car j'ai bien compris que je suis arrivé un peu tard dans ton existence. Je sais bien que tu as organisé ton univers… Tes parents qui vivent près de toi, ton travail qui occupe ta vie et un amant ou deux, je te les souhaite…

– Et quel est ce cadeau ?

– Je voudrais te faire un enfant avant qu'il ne soit trop tard.

– Mais qui es-tu pour oser me faire une proposition aussi ridicule ou bien franchement déplacée ?

– Un homme qui t'aime pour ce que tu n'es pas, et qui partira.

– Qui es-tu, toi qui penses me connaître ? J'ai une vie, comme tu dis, et c'est ma vie, et j'en suis fière, parce que cette vie, je me la suis faite toute seule. Effectivement, mon jeune ami, vous êtes arrivé trop tard. Je n'ai pas des amants de passage, mais un homme dans ma vie. Je ne suis pas seule, je suis accompagnée. Comme tu vois, il n'y a pas la place pour un autre.

– Et il est où, cet autre ?

– Il ne vit pas là. Il a été muté, il y a vingt ans, dans un autre magasin de l'enseigne. Car si tu veux savoir, c'est lui qui m'a tout appris…

– Tout appris…

– Oui, car c'était mon chef de secteur. C'est lui qui m'a embauchée quand j'étais encore étudiante.

– Vous ne devez donc pas avoir le même âge…

– Qu'importe ! Il est là quand je le veux. Il répond présent quand j'ai besoin de lui.

– Et il répondra présent jusqu'à quand ?

– Pardon ?

– Votre temps, à tous les deux, est compté.

– Si tu fais allusion à son âge, et aux vingt ans qui nous séparent, je ne trouve pas cela très élégant.

– Ce n'est pas mathématiquement que j'ai mes élégances. Et les vingt ans qui vous séparent sont peut-être les mêmes qui nous rapprocheront.

Elle s'est levée pour débarrasser, elle a posé les assiettes vides dans l'évier et, quand elle est revenue vers la table, « il » l'a attrapée par le bras. Elle s'est assise sur ses cuisses, comme si la scène avait été écrite depuis longtemps, et qu'elle connaissait son rôle, et qu'elle respectait les consignes d'un metteur en scène.

«Il» a dégrafé son chemisier, et «il» a passé sa main dans la fente. Elle le laissait faire. Dans l'ombre, cachés, les seins frissonnèrent quand les mains de l'homme se posèrent sur la peau. Des mains qui n'avaient été modelées que pour cet instant, elle en était persuadée, se disait-elle, en se laissant aller. Elle l'a embrassé, cet homme qui la touchait, elle ne voulait plus réfléchir, se dominer. Elle ne pensait plus à nourrir sa haine ni à continuer de lutter pour rien. Car finalement elle le savait, c'était de «lui» dont elle avait besoin, et de rien d'autre, et de personne d'autre.

Elle avait besoin de «lui», qui était si différent des «autres». C'était si évident, si lumineux, mais comment avait-elle pu se laisser aveugler? «Il» l'a portée jusqu'à sa chambre. Quand «il» l'a déshabillée, elle lui a demandé d'éteindre la lumière, et «il» s'est reculé pour la regarder, comme jamais encore un homme n'avait pris le temps de la contempler, peut-être par crainte qu'elle change d'avis et qu'elle lui demande de partir, comme elle savait le faire, comme elle l'avait déjà fait.

Mais «il» était sûr de lui. «Il» savait que ce soir était pour lui.

Un homme dort dans mon lit. J'écris ces mots et je l'entends respirer.

C'est si beau, un homme qui respire sa propre odeur.

Je ne suis pas avec lui, nous pourrions respirer ensemble la même odeur, mais j'hésite.

J'ai tellement peur. J'ai tellement peur de me réveiller. Ou peut-être de réveiller « l'autre ».

15

Le lendemain matin, « il » s'est levé, « il » s'est habillé, et « il » est venu lui dire au revoir.

– Tu ne restes pas ? lui a-t-elle demandé.

– Non. Parce que je sais que tu vas aimer être seule.

– C'est vrai.

– Tu seras contente de penser à nous en étant seule.

– Tu me connais si bien… C'est inquiétant.

– Oui. Mais cela doit changer.

– Pourquoi ?

– Parce que c'est l'autre qui m'intéresse.

– L'autre, quelle autre ?

– Celle qui n'organisera plus sa vie en fonction de son travail, celle qui osera quitter son vieil amant, car ce n'est plus d'un mentor dont tu as besoin…

– Tu sembles si sûr de moi…

– Celle qui désirera enfin un enfant, aussi.

– Un enfant, rien que ça ! Eh bien ! Cette autre, dont tu parles, est bien différente de celle que je connais.

– Je te le confirme. Mais cette autre, c'est toi.

L'homme l'a embrassée, et «il» est parti en murmurant ces mots, comme s'il avait souhaité laisser derrière lui la preuve de son passage : «Je te quitte, je te laisse seule, parce que nous le savons tous les deux, notre histoire sera belle, parce qu'elle sera brève. Alors prenons cette habitude de penser à l'autre, le plus longtemps possible.»

Elle s'est endormie en pensant à ce que l'homme, qui l'avait mise à nu dans le noir de sa chambre, venait de lui dire. Elle a posé ses deux mains sur son ventre en se disant que c'était peut-être une bonne chose de se sentir moins seule quand on consacrait sa vie non plus à soi, mais à l'autre, même pour une durée raisonnable.

En fin de soirée, elle a eu envie de «l'» appeler.

Sa voix lui a dit des choses. Elle n'était plus chef du secteur textile dans un hypermarché, elle était une femme amoureuse. «Il» n'était plus son employé, «il» était l'homme de sa nuit.

Elle l'a écouté, elle a eu envie d'y croire. Les vingt ans de différence ne furent pas évoqués. Mais dans vingt ans passés, que seront-ils devenus? «Il» lui a dit qu'il allait falloir jouir de leur intimité, dès le lendemain, au milieu de la foule de l'hypermarché. «Il» lui a dit ceci, et dans l'instant elle a eu envie de le vivre : «Quand on se regardera, et que nos paupières en clignant diront ce qui nous tient, ce lien invisible tissé lors d'une nuit, on jouira plus fort d'être "nous" au milieu des autres, en attendant un autre moment, pour être à deux au milieu de nous… »

Ce moment fut vécu toute une matinée. Elle a provoqué les rencontres, pour qu'ils se retrouvent à deux au milieu des autres. Elle a fait comme une gamine, elle a joué, elle a abusé du plaisir d'exposer son secret, sachant que jamais elle ne le révélerait. Avec le sentiment trouble d'exposer un bonheur que l'on sait vivant tant qu'il restera caché.

Elle le guettait dans les allées pour le surprendre quand il donnait ses consignes. Elle le suivait quand il se dirigeait vers les bureaux du secteur pour appeler ses fournisseurs et lui caressait la joue pendant qu'il parlait, en prenant le risque fou qu'un employé surgisse et assiste à cette scène de tendresse retenue.

Elle a joué avec « lui » pendant quatre heures. C'est peu.

Mais elle avait encore trop de besoins, et si peu d'envies pour se laisser aller. Elle était bien trop fragile pour se laisser emporter. Elle allait casser le jouet comme une enfant gâtée, à qui l'on n'a pas appris la valeur des choses, à qui l'on n'a pas dit : ce qui est rare est fragile.

Elle ne connaissait pas le goût sublime de ce qui passe, de ce qui fait les souvenirs et la douce mélancolie, peut-être parce qu'elle pensait que tout était joué d'avance.

Lors de cette journée, leurs frôlements et leurs regards se jouèrent des autres. À midi, elle avait voulu qu'ils déjeunent ensemble, seuls. « Il » avait refusé. « Il » lui avait dit qu'il ne fallait pas. Qu'il était plus prudent d'inviter des collègues de travail à partager cet instant.

À l'heure du déjeuner, généralement, elle ne restait pas dans l'hypermarché. Elle préférait rentrer chez elle et profiter de ce moment de solitude pour se reposer. Quand elle était obligée d'honorer un repas professionnel, elle s'éclipsait avant la fin et rentrait chez elle pour s'enfermer dans sa chambre, dans le noir, et entendre son cœur cogner, comme un enfant qui aurait peur qu'on le trouve dans sa cachette. Comme un enfant pris au piège de son propre jeu.

Les responsables des rayons textile homme et enfant, le chef du secteur loisirs et l'une des responsables des hôtesses de caisse sont venus déjeuner avec eux. Dans la galerie marchande du centre commercial, une brasserie propose un menu pas cher aux salariés de l'hypermarché. L'endroit est bruyant et les plats peu savoureux, ce n'est pas mieux que la cantine de l'étage, mais s'éloigner quelques minutes de l'ambiance du travail permet à certains de se dire qu'il n'y a pas que le magasin dans leur vie.

Ils ont chacun commandé une pizza. Un mouvement brusque du serveur a fait bouger la table. La carafe d'eau a versé quelques gouttes, et le jus contenu dans la bouteille de sauce piquante s'est déversé sur le pantalon et la veste de la chef du secteur textile.

Elle n'a pas aimé.

Et « il » a souri, sans savoir que ce serait le dernier vrai sourire qu'elle provoquerait chez lui. Peut-être même qu'il a rigolé. Et tous ceux qui étaient assis autour la table, et qui ne se seraient jamais permis la moindre moquerie à son encontre, ont souri aussi.

Elle a su, à cet instant, qu'il avait tout manigancé.

Elle avait tort, mais rien n'aurait pu stopper ce délire qui, dans son esprit tourmenté, avait pris l'apparence d'un raisonnement.

Elle s'est persuadée que l'objectif de cet homme était de l'évincer.

Elle s'est souvenue qu'il avait commencé à faire ses preuves sur le terrain en réorganisant le rayon chaussures, puis en modifiant le secteur tout entier, et qu'il ne lui restait plus qu'à la remettre en question elle aussi, et pourquoi pas la pousser vers la sortie.

Alors, elle s'en est voulu d'avoir tout accepté et tout cautionné : « Je n'ai pas été récompensée pour la confiance que je lui ai accordée. Je me suis laissé berner Je suis coupable, coupable d'une faiblesse qui n'est pas digne d'un vrai chef… »

Sa bouche faisait des grimaces pour empêcher qu'elle dise tout haut ce qu'elle pensait si fort. Elle était maintenant convaincue qu'il ne visait que son statut, et sa position au sein du magasin, et qu'il menait une stratégie de dénigrement à son encontre, qui avait débuté par le dénigrement de sa personne aux yeux de sa propre famille, car elle se souvenait de la remarque de sa cousine ; qui se poursuivait par le dénigrement de sa personne aux yeux des membres de l'équipe du secteur, puisqu'ils avaient tous fait coïncider la date de la métamorphose des méthodes de travail avec celle de l'arrivée du nouveau responsable du rayon chaussures ; et qui continuait par le dénigrement de sa personne aux yeux de tous les salariés du magasin, dans le décor minable de cette brasserie qu'elle ne fréquentait jamais.

« Il est dans sa logique. Il a réussi à me faire croire qu'un jeune homme de plus de vingt ans pouvait s'intéresser à une femme de plus de quarante ans. Il m'a dit que les succès du secteur seraient les miens, qu'il le dirait autour de lui, et je l'ai cru… »

Les occupants de la table assistaient sans le savoir à l'effondrement des derniers pans de logique de son esprit malade. Le responsable du rayon chaussures, qui n'avait pas encore saisi qu'il avait été la cause, à plusieurs reprises, lors de rencontres successives, du déclenchement de ce délire de manipulation, la regardait, étonné, ne comprenant pas son mutisme grimaçant.

Elle non plus ne savait pas que le processus destructeur était déjà enclenché, depuis quelques jours, depuis cette nuit qui suivit le repas organisé chez elle, au cours de laquelle il avait osé la « déranger » dans un moment de solitude qu'elle n'avait jusque-là jamais partagé. Lors de ce rare moment de fragilité, correspondant à certaines heures de la nuit pendant lesquelles elle posait l'armure, elle avait été une proie si facile pour l'attention et la sollicitude; tout ce qu'elle prenait maintenant pour de la turpitude et de la manigance.

Elle a pensé à tout cela, dans son esprit en déroute, elle a mélangé les motifs d'une haine trop longtemps retenue, et son délire a continué : il partait acheter des lots d'articles à des fournisseurs peu recommandables, et elle n'avait pas imaginé qu'il pouvait toucher des commissions occultes. Il multipliait les initiatives pour brouiller les pistes. Il avait la mainmise sur les employés du secteur, et il avait séduit les employés du magasin, qui maintenant se moquaient d'elle dans un restaurant.

Elle l'a regardé durement. Elle a su, à cet instant, qu'il n'y aurait plus de «lui».

Le responsable du rayon chaussures a enfin compris que l'incident avait causé plus de dégâts entre eux que sur ses vêtements. Il lui a demandé : «Ça ne va pas ?»

Elle n'a pas répondu, et elle a commencé à essuyer les traces de sauce visibles sur sa veste et son pantalon avec la serviette du restaurant. Il a ensuite fait cette remarque, sans se douter de l'effet dévastateur qu'allait produire cette ultime saillie : «Ce n'est pas très grave, ne le prends pas comme ça, j'ai rigolé parce que je pensais à celui qui allait devoir te manger ce soir… Ta soirée ne manquera pas de piquant… » Elle s'est levée, et elle a répondu à son responsable de rayon : « Cette allusion est totalement déplacée, et je ne vous permets pas de me tutoyer. Vous recevrez un courrier d'avertissement. Je n'attends aucune excuse de votre part, je vous demanderai simplement de ne m'adresser la parole que pour évoquer l'activité de votre rayon. Je vous laisse, mon déjeuner est gâché. »

Et elle est partie.

C'en était trop.

Il s'est permis de faire des allusions à mon intimité. Il a laissé entendre qu'il connaissait celui qui serait avec moi ce soir. Il a laissé supposer que cet homme serait lui. Il a révélé, à tous, notre liaison. Qui n'en est pas une. Qui n'était qu'une passade. Parce que j'ai été trop faible. Parce que après vingt ans, on oublie certains principes.

Il veut que tout le monde sache qu'un chef de secteur a eu la faiblesse de coucher avec l'un de ses employés. Il me tient. Il est dangereux pour moi. Il est dangereux pour le magasin. Il va perturber le fonctionnement et les règles de vie de notre hypermarché. Il a déjà commencé. Il a insidieusement imposé un mode de fonctionnement ambigu. Il va maintenant pouvoir tout exiger. Il veut prendre ma place. Il n'avait que cet objectif, et je n'ai rien vu. J'ai fait confiance, bêtement.

Il faut que je réagisse. Que je prenne les devants. Il faut que je me défende.

Il y va de ma survie.

«Il» est devenu l'«autre», celui contre lequel je dois me protéger, et protéger ma carrière, et mon image auprès de la direction.

16

Le lendemain matin, elle avait tiré un trait définitif sur cette histoire.

Elle avait failli se laisser surprendre. Mais elle était bien décidée à réagir. Il fallait se ressaisir car il n'était pas question qu'elle se laisse piétiner par un ambitieux. Il était hors de question que ce soit l'« autre » qui décide de la date de sa fin.

Elle a appelé Gilbert, pour tout lui raconter. Elle lui a parlé de sa faiblesse, de son insistance auprès de la direction du magasin pour que ce responsable puisse acheter de la marchandise, et de la conviction qui était sienne, maintenant, qu'il touchait de l'argent sale, des commissions occultes, qui pouvaient représenter des sommes importantes, si l'on regardait de près les montants des achats effectués chaque mois.

Gilbert l'a comprise. Il lui a pardonné sa faiblesse, car il connaissait ce genre de pratique. Il lui a conseillé de ne pas attendre et d'aller voir le directeur du magasin pour lui exposer ses craintes : « Fais-moi confiance.

Nous deux, ça va repartir comme avant. Tu auras autant de mérite d'avoir laissé faire pour le bien du secteur, que d'avoir su réagir pour le bien du magasin. N'attends pas, je t'aiderai à monter un dossier d'accusation, ce sera facile, j'ai moi-même des fournisseurs qui n'attendent qu'une chose : revenir par la grande porte dans l'hypermarché. Cette épreuve va ressouder notre couple. On ne va pas se laisser faire, on va l'écœurer, ce petit merdeux, on va l'éloigner de toi, pour te préserver. Pour que tu gardes ton poste, c'est trop important pour tous les deux. non ? »

À partir de ce jour, rien n'aurait pu l'empêcher de mener à bien sa mission de survie. Avec Gilbert, ils ont mis en place une véritable stratégie afin d'éliminer celui qui avait pensé pouvoir la manipuler et prendre sa place. Leur but était simple : éliminer l'« autre ».

Elle a commencé par aller voir le directeur du magasin pour lui exposer ses craintes. L'homme l'a écoutée attentivement, il lui a reproché son laxisme et s'est étonné de l'absence de procédures de contrôle efficaces au sein du secteur textile. Le directeur lui a donné huit jours pour constituer un dossier solide, sans oublier de lui dire : « Je suis très étonné que tu aies de tels soupçons concernant ce responsable. Je te donne un seul conseil : j'espère que tu sais ce que tu fais… »

Elle a contacté tous les fournisseurs qui avaient livré de la marchandise depuis l'arrivée de l'« autre ». Gilbert avait trouvé un argument irréfutable pour obtenir de ces fournisseurs une collaboration qui allait dans le sens de ses propres intérêts : « Si vous voulez que l'on continue de travailler ensemble, il est important que vous me connaissiez, moi qui suis la chef du secteur textile et donc la décisionnaire. Je vous demande, dans votre intérêt, de me communiquer les sommes qu'aurait perçues, ou qu'aurait pu percevoir, mon employé… »

Elle a complété le dossier par quelques documents émanant de fournisseurs de Gilbert. En fait des amis, des relations proches, qui comprirent leur intérêt de signer un document attestant qu'ils avaient refusé de travailler avec l'« autre » car ce dernier exigeait des « pots-de-vin » inacceptables.

Le dossier était presque prêt quand l'« autre » est entré dans la salle de réunion du secteur textile, brutalement, et sans prévenir :

– Tu appelles mes fournisseurs un par un, je veux savoir pourquoi !

– Cela ne te regarde pas. Je suis ta chef, c'est mon devoir de contrôler ton travail.

– Huit mois après les premières commandes…

– Mieux vaut tard que jamais.

– Encore un dicton à la con ! La commerciale d'un de mes fournisseurs m'a confié que tu lui avais extorqué des informations qui laisseraient supposer que tu me soupçonnes de récupérer des commissions occultes !

– Qu'est-ce qui te surprend ?

– Que tu puisses m'imaginer capable de ça.

– Quand on achète, on perd vite la tête. Les sommes engagées sont trop importantes, tu es à un poste qui normalement n'autorise pas à monopoliser autant de budget d'achats, il fallait mettre un frein à tout ça.

– La commerciale m'a laissé entendre que tu aurais insisté pour qu'elle déclare sur l'honneur que je touchais des sommes d'argent sur chaque commande. Tu aurais suggéré, insidieusement, le maintien des commandes en échange de cette attestation. C'est un chantage lamentable !

– Et alors ? Si tu penses être honnête, tu n'as rien à craindre.

– Tu lui demandais de faire un faux !

– Ce document sera jugé comme faux si, effectivement, tu as été honnête, si tu n'as pas abusé de ma faiblesse. Parce que j'ai été faible, voilà la vérité... Faible, comme jamais je ne l'ai été... Faible comme jamais je ne me suis autorisée à l'être.

– Je ne te comprends pas, mais je comprends où tu veux en venir. Alors, je vais te faciliter la tâche.

– Je t'écoute.

– Je vais démissionner.

– Je te l'interdis !

– Et pourquoi ça ?

– Pense aux conséquences.

– Tu me l'as déjà dit, mais le contexte était différent et le motif plus romantique.

– Si tu démissionnes, tu n'auras pas le droit de percevoir les allocations chômage et tu auras beaucoup de mal à retrouver un travail…

– Ce que tu me dis est si pragmatique…

– Imagine un peu ce que nous répondrons à un employeur qui souhaiterait en savoir plus sur toi avant de t'embaucher…

– Tu cherches quoi ?

– À te faire rentrer dans le rang. Je cherche à te faire plier. Je cherche à faire de toi un exemple.

– Tu me connais si mal… Je suis trop différent des autres pour devenir un exemple.

Quand l'« autre » a quitté le bureau du secteur textile, elle a appelé Gilbert, qui l'a écoutée, en soufflant bruyamment dans le combiné téléphonique.

Après quelques secondes d'un silence synonyme de réflexion, Gilbert a finalement hurlé : « Bon sang, je viens de comprendre ! N'attends pas ! Va déposer ton dossier chez le directeur. S'il démissionne avant que le dossier soit transmis, ça risque de retomber sur toi. Imagine tout ce qu'il va pouvoir raconter, tout ce qu'il va pouvoir inventer. S'il démissionne, il n'aura plus rien à perdre. Et l'exemple, ce sera toi ! Un type qui démissionne, à notre époque, c'est un héros, pas un exemple ! »

Elle a refermé la grande enveloppe marron qui contenait tous les témoignages des fournisseurs, ainsi que le montant total des achats effectués par l'« autre », une estimation des commissions éventuellement perçues, et elle a quitté le bureau du secteur textile.

Elle a traversé la coursive qui domine la surface de vente, elle est passée devant les toilettes réservées aux employés du magasin, elle est passée devant la cantine, puis devant la salle de pause, et elle est arrivée devant la porte du bureau de la secrétaire de direction. Elle a ouvert la porte brutalement et la secrétaire de direction, évidemment surprise, l'a regardée comme le jour où, il y a vingt ans, elle s'était adressée à elle avant son rendez-vous raté avec le directeur de l'époque.

Elles étaient les deux plus anciennes salariées du magasin, et leur haine avait le même âge. Elle a fixé son regard au mur blanc, sur lequel était accroché un grand cadre métallique avec, exposées dedans, les photos d'une famille souriante et nombreuse. Elle a continué de fixer le cadre, elle n'a pas regardé la secrétaire de direction, et elle lui a dit d'une voix presque inaudible : « J'ai besoin de voir le directeur, c'est très important, et très urgent… Je compte sur vous… Il faut absolument que je le voie… C'est une question de… survie… »

La secrétaire de direction a souri, puis elle lui a calmement répondu : « Le directeur ? Il est en rendez-vous, je ne peux pas le déranger. Et puis, je n'ai pas très bien compris ce que vous m'avez dit, vous pourriez parler plus fort ? »

Elle a hésité un moment. Sur la photo, elle a regardé les visages des adultes, puis ceux des enfants, puis elle a donné le dossier à la secrétaire de direction en lui répétant que c'était très important. Elle insista : « J'aimerais que le directeur du magasin puisse découvrir le contenu de cette enveloppe, le plus rapidement possible… »

Elle a regardé une dernière fois les photos dans le cadre. Elle s'est demandé si la tête de ces gosses qui riaient serait la même quand ils ne riraient plus. Et elle a pensé à leurs parents qui ne verraient pas le changement, parce qu'elle savait, parce qu'elle avait, elle aussi, des parents… Un père et une mère qui n'avaient pas remarqué quand elle avait changé.

La secrétaire de direction lui a répondu qu'elle ferait le nécessaire, mais pas tout son possible, comme elle le faisait depuis vingt ans. Puis elles se sont quittées, et la secrétaire a refermé la porte de son bureau.

Elle a téléphoné à Gilbert pour lui raconter ce qui s'était passé, et il lui a demandé : « Il est où l'autre, en ce moment ? »

Elle lui a répondu qu'elle ne le savait pas, qu'elle l'imaginait sur la surface de vente, en train de réfléchir à ce qu'il allait faire, pour organiser sa défense.

« Mais tu plaisantes ! Ce type est un manipulateur, il n'a pas besoin de réfléchir pour agir, c'est un rapide, il nous l'a prouvé ! Il est sûrement en train d'obtenir des rendez-vous avec les bonnes personnes ! Essaye de savoir où il est, il faut agir avant lui, fais-moi confiance, je connais ce genre de types, je les pratique à longueur de temps… Il sait ce qu'il fait, il est trop près du but… »

Elle a traversé la coursive en sens inverse, et elle a vu sortir l'« autre » du bureau de la responsable des ressources humaines. Elle a continué de marcher en faisant claquer bruyamment ses talons sur le métal de la coursive qui domine les quinze mille mètres carrés de la surface de vente, comme si elle avait cherché à faire fuir un importun, comme lorsque l'on veut effrayer un moineau.

Elle a croisé l'« autre » qui ne lui a rien dit, et qui ne s'était pas envolé.

Elle est entrée dans le bureau de la responsable des ressources humaines.

– Tu sais pourquoi il est venu me voir ? lui a demandé la responsable.

– Non.

– Il veut démissionner.

– Je ne suis pas surprise.

– Et pourquoi ça ?

– Je viens de déposer un dossier chez le directeur.

– Un dossier ? Un dossier qui concerne quoi ?

– Je le soupçonne d'avoir perçu des commissions sur

les achats qu'il a effectués depuis son arrivée. Il a trop peur d'être là quand on découvrira ses magouilles. Il a choisi la fuite, ça ne m'étonne pas de lui. On m'a imposé sa venue dans mon secteur, et voilà le résultat. C'est un manipulateur et un voleur.

– C'est une accusation grave.

– J'ai des preuves. Des preuves qui sont en ce moment sur le bureau du directeur du magasin.

– Eh bien, je suis ravie de l'apprendre. Je constate que tu n'as pas suivi la procédure obligatoire.

– Et laquelle ?

– Celle qui consiste à respecter la voie hiérarchique. Avant le directeur, dans cette voie, il y a la responsable des ressources humaines, c'est-à-dire moi…

– Il fallait faire vite.

– Sache tout de même que je lui ai dit, à celui que tu soupçonnes, au nom de la direction, que nous ne souhaitions pas qu'il parte.

– De quel droit ?

– C'est un bon élément, qui obtient des résultats étonnants et qui a contribué à « dépoussiérer » le secteur textile.

– C'est moi la responsable de ce secteur, ne l'oublions pas.

– Personne n'est dupe.

– Et si mes soupçons se révèlent fondés ?

– Chaque chose en son temps. Demain, il doit se rendre au siège de l'enseigne pour valider, avec ses collègues des autres magasins, les achats des produits du prochain catalogue anniversaire. C'est un évènement majeur, l'enjeu commercial est important, et le responsable régional semble compter sur ses compétences pour organiser la sélection des produits.

– Et alors ?

– Dès son retour, le directeur du magasin le recevra, le rendez-vous est pris. J'ai demandé à ton responsable de rayon de réfléchir à cette grave décision jusqu'à demain.

– Bon. Il ne me reste plus qu'à attendre.

La responsable des ressources humaines a changé l'expression de son regard et le ton de sa voix (à ce niveau de compétence ce ne sont pas les intonations qui manquent), pour demander à la chef du secteur textile : « Qu'est-ce qui s'est passé ? »

La question est restée sans réponse. Le silence disait tout, répondait à tout, mais dans une entreprise, il faut d'abord des mots, puis des écrits pour transformer un sentiment en témoignage.

La responsable des ressources humaines aurait bien voulu être à l'origine d'un contre-exemple en exhibant la dépouille de cette responsable de secteur pour laquelle elle n'avait que peu de considération. Elle l'aurait accusée d'avoir cherché à sacrifier un employé efficace pour préserver son poste au détriment de l'intérêt du magasin. Des exemples de ce type étaient rares, puisque ceux qui cherchaient à préserver leur poste étaient toujours ceux qui organisaient les licenciements ou les mutations stratégiques…

La responsable des ressources humaines ressentait une tension extrême dans l'attitude de la femme en charge du secteur textile, ainsi qu'une hésitation perceptible, qui semblait précéder de possibles aveux.

Mais la femme n'a rien dit.

Elle s'est levée, elle s'est approchée de la porte.

Elle a gardé la main sur la poignée, immobile.

La responsable des ressources humaines s'est levée, à son tour, et s'est approchée d'elle, toujours décidée à la faire craquer, à lui faire avouer le vrai motif de ce déchaînement soudain de haine et de mépris à l'encontre de ce jeune collaborateur.

La responsable des ressources humaines adopta une attitude plus chaleureuse et amicale, destinée à amadouer la chef du secteur textile, et lui demanda : « Il y a eu quelque chose, c'est évident, mais il n'a rien voulu me dire. Il m'a dit que c'était une décision personnelle. Il m'a dit que ce n'était pas à cause de l'ambiance qu'il partait, ni à cause d'un problème avec ses employés… Ni à cause de toi. C'est un garçon bien, je ne peux pas croire qu'il ait cherché à voler la société en profitant de la liberté et de la confiance que nous lui avons accordées. Alors, dis-moi ce qui s'est passé… Il est encore temps de parler… Tu aurais tort de penser que nous pourrions croire à un simple conflit entre deux personnes d'un même secteur… Le concernant, ce que mon prédécesseur mettait sur le compte d'un caractère ingérable, moi je le mets sur le compte d'un caractère inflexible et exigeant. Et puis, nous sommes deux femmes, et puis nous sommes seules, dans ce bureau... Je peux comprendre certains sentiments... Et les conséquences qui vont avec... »

Elle n'a pas pu retenir quelques larmes, qui ont glissé sans bruit, et qui furent si parfaitement absorbées par le tissu de sa veste rouge (fournie à tous les cadres de l'enseigne) qu'elles furent vite oubliées.

Elle a regardé tristement la responsable des ressources humaines, et elle lui a répondu : « Ce qui s'est passé ? Mais c'est très simple J'ai fait confiance à l'autre, et je n'aurais pas dû. Il y a vingt ans, dans ce bureau, j'ai laissé ma responsable se faire virer à cause de moi. Je les connais donc, les jeunes ambitieux. Ils sont capables de tout, comme je l'ai été. Même si les évènements ont été plus décisifs que ma propre volonté. Même si j'ai évincé les autres, sans le vouloir vraiment, il n'y a que le résultat qui compte. Mais moi, je vais me défendre. Il n'est pas question de laisser l'autre m'évincer et briser vingt ans de labeur. Vous comprenez ? Si je pleure, c'est que je suis triste pour moi d'être dans la même position que mon ancienne responsable. Je suis si triste d'être confrontée à l'autre. Si triste, parce que après tout j'étais presque prête à m'en faire un allié. Mais je savais bien qu'un jour ou l'autre, cela allait m'arriver. La même histoire, au même endroit. Je le guettais, l'autre, je l'attendais, j'étais prête. Mais c'est vrai, j'ai eu une faiblesse. C'est peut-être ce qu'il y a de pire. C'est comme si je me regardais vieillir. C'est comme si j'allais mourir. Vous me promettez que vous ne me laisserez pas mourir ? Vous me le promettez ? Pourquoi vous ne me répondez pas ? Parce que vous êtes une femme, parce que vous me comprenez ? Parce que vous aussi, à ma place, vous auriez aimé qu'un homme venu d'ailleurs vous dise des mots qu'on n'entend jamais, dans ce foutu magasin ? Si vous ne dites rien, c'est que vous m'avez comprise... »

Quand on réussit, on veut continuer...

Mais quand on n'est pas sûr de faire mieux, on s'arrête ?

Et quand on a peur de faire pire, on se retient ?

17

L'« autre » a été reçu par le directeur.

Pendant le rendez-vous, elle est restée dans la salle de réunion du secteur textile. Elle appelle régulièrement Gilbert, qui la rassure et qui la conseille. Heureusement qu'il est là, heureusement qu'il existe.

Et puis l'« autre » est arrivé, son rendez-vous n'avait pas duré longtemps.

La porte de la salle de réunion était restée ouverte, il est entré et il s'est assis.

L'« autre » a souri, et il a dit : « Bon, voilà, c'est réglé. Je quitte le magasin demain, le temps de signer les documents et d'organiser la transition. Le directeur ne me comprend pas, mais bon, c'est comme ça. Je n'allais pas commencer à lui expliquer ce que moi-même je ne comprends pas… Je ne voulais pas parler de toi et risquer que ce qui fait ta vie s'effondre… Je ne me serais jamais pardonné de te faire plus de mal qu'à moi… Parce que franchement, je te le dis à toi, je commençais à ne plus supporter ce boulot et cette ambiance… Avec ou sans toi, je ne serais pas resté beaucoup plus longtemps. Je quitte la France, dans un mois, direction la Chine, pour voir autre chose. Je ne t'enverrai pas de carte postale, c'est con les cartes postales, on n'a pas la place d'écrire son amour ou sa haine, et la photo ne rappelle aucun souvenir vécu… »

Elle n'a pas réussi à répondre. Ce n'était pas l'émotion qui l'empêchait de parler mais son esprit, qui était parti vagabonder dans sa mémoire. Elle avait lu dans le livre, que l'« autre » lui avait donné à l'époque, cette phrase dont elle se souvenait : *« Le moment précis où les choses s'arrêtent est un moment étrange. Un moment qui s'étire, qui n'en finit pas de s'éteindre, comme une bougie qui résiste contre l'étouffement de la flamme dans la cire liquide. C'est un moment dramatique que l'on cherche à prolonger, mais qui est pourtant fini, alors qu'on le vit encore… »*

Ce moment, elle le vivait. Aussi intensément qu'une bougie qui s'éteint, c'est-à-dire en vacillant. Elle ne cherchait pas à prolonger l'instant, ou peut-être un peu… Ou peut-être vraiment, mais elle ne le saurait jamais, car l'« autre » s'est levé, et elle n'a trouvé que cela à lui dire : « Je dirai aux employés du secteur que tu nous quittes parce que tu ne te sentais plus capable d'assumer tes responsabilités… »

L'« autre » a rigolé. Si fort qu'elle a compris qu'il se fichait, dans une proportion inverse à la sienne, de ce que pouvaient penser de lui les employés de ce magasin.

L'« autre » a rigolé, elle aurait préféré qu'il parle, pour qu'il s'explique, pour qu'il dévoile ce qu'il avait vraiment dans la tête quand il lui proposait de lui faire un enfant sans père.

Quand l'« autre » est parti, son téléphone a sonné. C'était Gilbert. Elle n'a pas décroché le combiné, et elle a pensé à l'« autre » qui était parti avec son secret. Elle a regardé le téléphone sonner longtemps, et elle a ressenti une légère douleur dans le ventre, qui lui rappela qu'elle n'avait pas mangé depuis deux jours.

J'ai l'impression d'être une survivante.

18

Sa haine n'a pas faibli dans la nuit. En s'endormant, avant « sa » dernière journée, elle n'a éprouvé aucun regret. Ou plutôt, elle a pensé à tout ce qu'elle aurait pu perdre si elle avait eu peur d'éprouver des regrets…

En quittant le parking de la résidence, elle s'est rappelé la déclaration que lui avait faite l'« autre », au cœur d'une nuit, et à tout ce qu'elle n'a finalement pas pu vivre avec lui. Alors, elle a appelé Gilbert pour lui dire que, dans quelques heures, l'« autre » allait vivre sa dernière heure.

La matinée s'est ensuite déroulée étrangement. Elle a eu la sensation que certains employés hésitaient à croiser son regard. Elle a eu l'impression que d'autres, au contraire, la dévisageaient comme s'ils lui disaient, sans lui parler, que pour rien au monde ils n'auraient échangé leur place contre la sienne.

Elle a convoqué les membres de l'équipe du secteur

textile. Elle leur a dit que la direction et elle-même avaient accepté la démission du responsable du rayon chaussures. Elle a anticipé les questions en expliquant que devant les responsabilités grandissantes demandées aux cadres de l'hypermarché, il avait préféré être libéré de son poste en démissionnant, ce qui, elle l'affirmait, était le symbole absolu de l'échec ; au même titre qu'un suicide quand on a peur de faire face à ses responsabilités. Elle a précisé que tout le monde avait été prêt à lui tendre la main pour le guider vers un poste plus conforme à ses compétences et à ses attentes. Mais elle a conclu en disant qu'il n'y avait rien eu à faire, et que l'« autre » avait admis qu'il était devenu un intrus dans ce magasin.

Il est seize heures. C'est le dernier jour. Ce soir, l'« autre » ne sera plus là.

Elle a rendez-vous avec le directeur dans quelques minutes. Elle a traversé la coursive, elle est passée devant les toilettes réservées aux employés du magasin, elle est passée devant la cantine avec ses chaises posées sur les tables, elle est passée devant la salle de pause, et elle est passée devant la porte du bureau de la secrétaire de direction, sans s'arrêter, pour aller taper directement à la porte du bureau du directeur du magasin.

L'homme lui a dit : « Entre ! » et elle est entrée. Elle s'est assise dans le fauteuil de droite, celui qui permet de regarder par la grande baie vitrée la surface de vente, quand la question devient gênante et que l'on a besoin de réfléchir avant de mentir, ou de maquiller la vérité. Le fauteuil de gauche ne propose que le mur du bureau, comme solution de répit, et elle n'aime pas ne pas avoir devant elle l'impossibilité du vide.

La discussion commença, c'est le directeur qui la débuta :

– Alors ?

– Alors quoi ?

– Tu pousses à la démission l'un de nos meilleurs éléments…

– Mais… Je n'ai pourtant fait que mon travail…

– Lequel ?

– Celui de contrôler l'activité d'un de mes collaborateurs.

– Parce que tu crois que j'ai autorisé ce garçon à monopoliser la trésorerie du magasin sans contrôle ?

– C'est-à-dire que…

– Quand le chef comptable du magasin signe les traites de ses achats, tu ne penses pas qu'avant il effectue un contrôle ? Tu penses peut-être que le magasin paye à l'aveugle des fournisseurs qui ne sont pas référencés par la centrale d'achats, sans vérification ?

– Je me disais que…

– J'ai lu ton dossier, celui que tu as constitué contre lui. Il est vide. On dirait qu'il a été élaboré par un spécialiste de la vacuité et du mensonge. Il n'y a rien de tangible. Que des suppositions. Heureusement qu'on ne l'a pas licencié, parce que devant un conseil des prud'hommes, on aurait eu l'air ridicules…

– Mais…

– Quand il est revenu de la réunion régionale pour la sélection des articles du catalogue promotionnel, je savais déjà que le responsable régional lui avait confié la mise en œuvre de l'ensemble des commandes chaussures.

– Je n'étais pas au courant.

– Et tu sais quoi ? Il avait dégotté, Dieu sait où, un lot de chaussures de sport d'une grande marque en provenance directe des États-Unis et à des tarifs incroyables. Des références qui ont deux saisons d'avance par rapport aux collections européennes. On aurait été plus à la mode que les magasins spécialisés… Un comble pour un hypermarché… Et tu sais quoi ?

– Non.

– Quand je lui ai montré ton dossier, en disant que c'était bien beau qu'il me présente sa démission, mais que nous avions un dossier sur lui, concernant des commissions qu'il aurait perçues indûment, tu sais ce qu'il m'a dit ?

– Il a avoué !

– Rien du tout ! Il m'a certifié qu'il n'avait jamais profité de la situation, mais qu'il ne pensait pas que la machine infernale était en route. Il a téléphoné devant moi à son fournisseur, et tu sais quoi ?

– Il a avoué !

– Rien du tout ! Il a annulé la commande. Quinze mille paires de pompes qui nous passent sous le nez, parce qu'on l'a vexé, parce qu'on l'a soupçonné.

– Alors ? Qu'est-ce qu'on fait ?

– Rien du tout. J'ai signé son chèque, il ne fait plus partie de la société à compter de ce soir minuit. Mais il y en a une que j'ai dû calmer.

– Qui ça ?

– La responsable des ressources humaines. Elle ne comprend pas. Elle soupçonne des motifs plus obscurs.

– Je lui ai pourtant expliqué la situation.

– Bref ! Quoi qu'il en soit, et jusqu'à nouvel ordre, c'est moi qui validerai les commandes de l'ensemble du secteur textile.

– Jusqu'à nouvel ordre ?

– Jusqu'à nouvel ordre.

– Bon.

– Maintenant, tu peux quitter mon bureau, je pense que l'on s'est tout dit.

Elle a quitté le bureau du directeur du magasin. Elle est passée devant celui de la secrétaire de direction, dont la porte était ouverte. Quand la secrétaire de direction l'a vue, elle lui a dit : « Déjà ? Eh bien, vous n'étiez pas bavarde aujourd'hui. Au fait ! Vous allez au pot de départ du jeune qui a démissionné ? Moi, j'y vais. Il me plaisait bien ce garçon. Et je ne pense pas être la seule à penser ça. Pas vous ? »

Elle a quitté le magasin vers vingt heures. Dans la galerie marchande de l'hypermarché, il y a une brasserie qui fait l'angle. Il y a beaucoup d'employés du magasin présents. Autour des tables, se sont rassemblés des employés, des cadres, des hôtesses de caisse et quelques vigiles. Les verres font des sons qui rappellent la joie de se revoir, pas la tristesse de se quitter. Elle se dit que ce n'est pas bon pour l'image du magasin, tous ces gens qui boivent et qui parlent fort. Alors, elle ne s'est pas arrêtée.

Je suis enfin libérée. Tout va bien. Tout va rentrer dans l'ordre.

Ce n'est qu'une question de temps. J'ai tout mon temps.

19

Les douleurs dans son ventre ont réapparu, de manière insidieuse.

Après quelques semaines, elle ne pouvait plus se lever de son lit normalement. Elle avait trouvé la parade : elle programmait son réveil une heure plus tôt.

Quand elle arrivait au magasin, la douleur s'éloignait, se faisait oublier. Ce qui la confortait dans l'idée que son problème n'était que musculaire et qu'il lui suffisait de « chauffer » la mécanique un peu plus longtemps.

Parfois, dans la journée, une tenaille lui attrapait le bas du ventre, mais pas longtemps, seulement quelques minutes. Elle reprenait le dépliant de la salle de sport, qu'elle avait en sa possession depuis plusieurs mois, en se disant qu'il fallait qu'elle s'y mette, qu'il fallait qu'elle réagisse, et qu'elle s'occupe enfin de son corps. Mais la douleur disparaissait pendant quelques heures, et ses bonnes résolutions avec.

Mes douleurs au ventre ont recommencé.

Un peu avant la fête des Mères, ce fut insupportable.

Mais j'ai enfin reçu ma carte d'adhérente à la salle de sport, et avec elle un certain soulagement.

Et puis je suis tombée, dans le magasin.

Un soir, pendant l'implantation des produits du catalogue de la fête des Mères.

Les vigiles m'ont transportée dans mon bureau.

Je leur ai dit que ça allait, que je me sentais mieux, que c'était musculaire, que je m'étais inscrite dans une salle de sport, mais je n'ai pas pu me relever.

Alors j'ai attendu, seule, en laissant mon équipe se débrouiller sans son chef.

On m'a transportée chez moi, je n'ai pas voulu d'ambulance.

J'espérais que j'irais mieux après une bonne nuit de sommeil.

La nuit ne fut pas bonne, et il n'y a pas eu de sommeil.

J'ai téléphoné à ma cousine, pour qu'elle appelle une ambulance.

…

Je vais ranger ce cahier à spirale dans le tiroir de ma table de nuit, car j'entends la sirène de l'ambulance.

Elle a été opérée il y a huit jours. On a diagnostiqué un cancer des ovaires. Une vraie saloperie

On lui a dit : « Vous allez vivre, mais vous ne pourrez plus avoir d'enfants. »

Elle a répondu : « Vous venez de condamner une porte que je n'ai jamais eu le courage d'ouvrir. À cause de vous, le secret restera bien gardé, maintenant… »

Le médecin, qui avait du métier, lui a caressé la main et lui a dit : « Je ne connais pas beaucoup de secrets qui restent inviolés. Ce n'est qu'une question de temps, ou de gens… »

Elle a voulu argumenter, se défendre, comme si sa vie en dépendait, de ce bilan triste à crever : « J'ai travaillé, beaucoup, peut-être trop, mais j'étais très occupée… J'avais des responsabilités, un devoir d'exigence et des objectifs à respecter… Des patrons à satisfaire… Des employés à motiver… Des fournisseurs à surveiller… Et des ennemis à éliminer… »

Le soir, on est venu lui expliquer pourquoi on lui avait posé des tuyaux et ce réservoir en plastique à côté de l'estomac. On lui a expliqué que c'était pour évacuer, dans un premier temps, les épanchements de liquide de la cavité thoracique, et à l'avenir le liquide de la vessie : « Pendant l'opération, le carnage était plus important que prévu, on n'a pas fait de détail, on a enlevé le maximum d'organes atteints, vous comprenez ? »

Elle a regardé la poche qui était peu remplie, et elle a pensé à Gilbert qui ne l'appelait plus. Depuis que la direction de l'hypermarché avait interdit les achats auprès de fournisseurs non référencés, et donc interdit toutes les commandes qui n'étaient pas livrées par la centrale d'achats, Gilbert avait perdu son unique client, et quitté la femme de sa vie professionnelle.

Elle ne s'endormait pas seule pour autant.

Le bruit que faisait le liquide qui remplissait la poche lui devenait familier, et l'idée même du regard d'un homme sur elle aurait été, de toutes les façons, insupportable.

20

Ses parents sont venus la voir. Comme ils n'ont pas changé, et qu'ils n'aiment pas conduire, c'est sa cousine qui les a accompagnés. Quand elle les a vus, elle a pleuré.

Son père n'a pas compris pourquoi sa fille pleurait : « Ma fille ne pleure jamais, alors pourquoi elle pleure ? »

Elle a entendu sa mère répondre à son père : « Arrête de ne penser qu'à toi, et sors de cette chambre. Tu es un homme, tu ne peux pas comprendre les maladies qui touchent les femmes… »

Son père n'est pas sorti tout de suite de la chambre. Il a regardé sa fille, il a regardé sa nièce, puis il a regardé sa femme, et il a dit : « Tu ne me parlais pas comme ça quand tu as perdu mon fils. Celui qui aurait dû naître avant elle. Tu avais besoin de moi à cette époque, pour t'aider à chialer. Et moi, j'étais bien brave, je ne disais rien. Je te laissais pleurer, alors que c'est moi qui aurais dû pleurer. J'aurais pu t'en vouloir d'avoir paumé mon gosse, mon petit, mon garçon. Mais rien du tout. J'ai assumé. Maintenant, j'ai quatre-vingts balais, je vais mourir et je n'aurai pas eu de fils. Tu devrais penser à ça, plutôt que de me rabrouer en permanence. La maladie de ta fille, c'est vrai, c'est pas une maladie d'homme, peut-être parce qu'elle tient de toi. Peut-être parce qu'elle n'était pas faite pour ça. Faire des gosses, c'est plus difficile que de réussir sa vie… »

L'homme a ouvert la porte de la chambre, qui était blanche comme la peau du cadavre de sa fille qu'il allait laisser derrière lui, et avant de quitter la pièce, il a dit sans se retourner : « Je vous laisse entre femmes… »

La mère a dit à sa fille qu'il ne fallait pas écouter les hommes parce qu'elle avait une théorie, et que cette théorie était que ce qu'ils faisaient, ou ce qu'ils disaient, dépassait bien souvent leur pensée…

Alors la fille a regardé la mère en questionnant sans parler, en cherchant du regard la confirmation de ce qu'elle venait d'entendre.

La mère a regardé la fille qui ne parlait pas, vivant ce moment comme s'il ne faisait pas partie de sa vie. Ce n'était pas un réflexe nouveau.

La cousine a changé de sujet de conversation en lui demandant ce qui pouvait lui faire plaisir. Elle s'est redressée en ajustant son oreiller, d'un mouvement brutal de la main, elle a éliminé les plis de son drap blanc et elle a répondu : « Des petites choses, tout ce qui peut me rappeler la maison… »

Elle leur a fait une liste, sans préciser où étaient

rangées ces petites choses auxquelles elle pensait. Peut-être parce que ces petites choses n'existaient plus, ou bien qu'elles existaient, sûrement, indubitablement… Mais dans sa tête.

Et puis, comme sortie d'un songe, elle leur a demandé de lui apporter le contenu du tiroir de sa table de nuit. Elle aurait pu leur demander un trésor, les deux femmes auraient creusé le monde pour extraire le secret de cette carcasse encore vivante, car elles étaient curieuses. Elles voulaient tant savoir ce qui restait caché derrière cette peau de femme. Mais elle ne leur demandait que le contenu de sa table de nuit, et les deux femmes étaient déçues, elles ne rapporteraient pas le trésor espéré, ce ne serait sûrement que des babioles.

« Tu ne souhaites que le contenu du tiroir de la table de nuit ? Quelle drôle d'idée… », a dit sa mère ; et sa cousine a dit : « On te rapportera ça demain, tu peux compter sur nous… Je viendrai avec mes deux fils, ils me demandent souvent de tes nouvelles, tu les as toujours fascinés… ou intrigués… tu pourras les rassurer, de vive voix, et leur dire que tu seras bien présente à leur fête d'anniversaire… »

Je n'avais pas relu ce cahier depuis que je l'avais commencé, il y a plus de vingt ans.

La première page est devant moi.

Mes propres mots ont remplacé la peur du vide, et je suis fière de moi.

Car en me relisant, je me dis que j'aurai tout de même réussi à faire naître quelque chose de moi.

...

Je regarde bêtement la télévision, qui diffuse un reportage animalier.

On y parle des kangourous, ces animaux qui se trimballent avec une poche, et qui ne se posent pas la question de savoir quoi faire de cette poche, car il n'y a pas d'énigme, car tout est clair : la poche a une fonction, et il faut la remplir...

21

Elle a contacté la responsable des ressources humaines de l'hypermarché.

La femme lui a demandé si elle avait bien reçu les fleurs que le magasin avait fait envoyer lors de son hospitalisation, et puis elle lui a proposé un rendez-vous, en présence du directeur du magasin.

Elle a noté sur un bout de papier le jour et l'heure du rendez-vous parce que, depuis qu'elle a quitté la clinique, elle a remarqué qu'elle perdait un peu la mémoire. Les médecins lui ont dit que c'était normal : « Vous avez une poche pour évacuer, prévoyez un carnet pour vous souvenir… »

Le rendez-vous est prévu dans un mois. Elle a trouvé le délai un peu long. Elle a demandé à la responsable des ressources humaines : « On ne peut pas se voir avant ? Depuis le temps, mon secteur a peut-être besoin que je revienne pour relancer la machine, pour motiver les équipes, répondre aux impératifs, faire un point, organiser, prévoir et bourrer les rayons… Cela fait presque un an que je n'ai pas travaillé, il serait peut-être temps que je revienne... »

Alors la responsable des ressources humaines lui a répondu : « Tu sais, les cimetières sont remplis de gens qui sont... » La femme n'a plus rien dit et c'est elle qui a enchaîné : « ... Je connais le dicton, je suis même une spécialiste des dictons, mais celui-ci je vais essayer de ne pas le vérifier... »

Elle a raccroché, et elle a regardé son jardin, comme si ce n'était pas le sien, et le reflet dans la vitre de la baie qui était celui d'une inconnue. Elle a soupiré, et elle a posé la poche sur la table de nuit, en prenant soin de bien tendre le tuyau. Elle a caressé son ventre, et elle se « l' » est rappelé. Elle pense avoir pleuré, mais elle n'a pas entendu, le liquide qui s'écoulait dans la poche faisait le même bruit. Ensuite, elle s'est endormie, difficilement, en pensant au magasin qui pouvait se passer d'elle.

Ce matin, je suis allée au magasin. C'était la première fois depuis mon opération. Beaucoup d'employés m'ont saluée, certains ont osé m'embrasser, alors que le règlement l'interdit. J'ai pensé : « C'est fou comme la maladie fait tomber les barrières que l'on avait posées avant de faire pitié. »

Le directeur avait le sourire, la responsable des ressources humaines également.

Ils n'ont pas pris de gants pour m'annoncer la nouvelle.

Ils ont fait comme le chirurgien, quand il m'a dit,

avant de m'opérer : « Vous allez souffrir, vous n'allez pas aimer ce que je vais vous dire, vous serez triste, peut-être que vous pleurerez, mais dites-vous que vous aurez de la chance, parce que vous allez continuer à vivre… »

…

Le directeur et la responsable des ressources humaines m'ont annoncé qu'en accord avec la médecine du travail ils avaient monté un dossier médical pour me dessaisir de la responsabilité du secteur textile, secteur qui réclamait une condition physique optimale en raison des nombreuses tâches de manutention à effectuer.

Mais il n'était évidemment pas question de ne pas me garder.

Ils m'ont proposé le rayon de la poissonnerie.

Et ils m'ont dit pour finir : « On a vérifié ton dossier, et tu n'as même pas de diplôme supérieur au baccalauréat, un genre de BTS, par exemple. Alors on a été obligés de te faire descendre d'échelon hiérarchique. Mais tu verras, on est sûrs que tu vas te plaire. Et puis, c'est le rêve de tous les cadres ambitieux de passer par le "AL", non ? Tu es courageuse et travailleuse, ça devrait bien fonctionner. Et tu veux qu'on te dise ce que l'on pense réellement ? On pense que dans ce rayon, tu seras comme un poisson dans l'eau… »

Je n'ai pas répondu, j'ai souri et j'ai mis le nouveau badge dans ma poche, sur lequel on peut lire : « responsable du rayon poissonnerie et produits de la mer ».

22

Elle a accepté la proposition des dirigeants de l'hypermarché. Il n'était pas question de les laisser briser ce qu'elle avait mis vingt ans à construire en démissionnant par fierté ou par orgueil. Et puis bon, elle n'est plus chef de secteur, soit, mais elle reste chef. D'un rayon, mais chef quand même.

Elle a programmé son réveil pour ne pas risquer de rater la première journée avec ses nouveaux collaborateurs, et elle s'est couchée en pensant à Marilou. L'employée du rayon textile femme de l'époque, celle dont le petit copain était marin-pêcheur en Bretagne... Pêcheur... Les coïncidences du destin... Des coïncidences qu'elle pensait organiser quand elle était plus jeune et qu'elle gravissait les échelons de la hiérarchie à la vitesse d'un destin au galop.

Elle a pensé à ça quand la responsable des ressources humaines lui a montré le dossier que cette ancienne gamine avait constitué afin de lister les articles invendus du secteur textile : «La majorité des articles, que cette

Marilou juge peu adaptée aux besoins de la clientèle et difficile à brader, a été livrée par une société dont le gérant est un certain Gilbert Cerdan. Tu connais ? Non ? Oui ? Peut-être ? Qu'importe. Le plus important, c'est de voir que la relève a de l'ambition et des idées. Cette Marilou, qui pendant vingt ans fut une employée modèle et discrète, qui ne se faisait pas remarquer, est en formation pour prendre la responsabilité d'un rayon. Ça doit te rappeler tes débuts, non ? Tu dois être contente pour elle… Pour en revenir à ce fameux Gilbert, tu seras peut-être étonnée, mais il a été chef de secteur dans ce même magasin, il y a une vingtaine d'années… Nous, on ne l'a pas connu, mais on a demandé au siège de voir ça de plus près… Ils vont faire une enquête… On te tiendra au courant, ça concerne ton ancien secteur, ça doit encore te toucher… Même si tout cela, c'est du passé, non ? »

J'ai failli tout dire. Tout révéler.

Avouer que je ne suis rien. Que je fais semblant depuis vingt ans.

23

Sa vie a repris son rythme. Elle se lève plus tôt qu'avant, mais comme elle dort moins, cela ne la gêne pas. Elle a été obligée de garder sa poche. Elle la change toutes les deux heures. Elle se remplit régulièrement, sans surprise. Et c'est elle qui la vide, discrètement, dans les toilettes réservées aux employés du magasin, celles qui sont à côté de la cantine, et pas loin de la salle de pause.

Elle évite de traverser la coursive, sauf quand elle est convoquée dans un bureau de la direction. Mais elle sait se faire oublier, elle ne veut plus qu'on la remarque.

Elle fréquente beaucoup moins souvent la salle de pause.

L'odeur du poisson n'est pas compatible avec celle du café, et donc celle du pouvoir. C'est la raison pour laquelle elle a fait installer une machine à café dans les réserves du rayon. Car c'est cela un vrai patron : quelqu'un qui sait prendre les bonnes initiatives, dans le respect des budgets, au profit de ses clients et de ses collaborateurs.

Elle, l'ancienne chef de secteur, est devenue simple responsable d'un petit rayon. Alors elle se dit que sur les six cent cinquante salariés de la société, une importante majorité, ceux qui la connaissaient avant sa maladie, doivent bien profiter de son nouveau statut pour se venger en silence de l'ancienne chef du secteur textile qui ne faisait rien pour être aimée.

Le rayon poissonnerie, ça ne fait pas rêver, dans un hypermarché.

Quand elle traverse le magasin pour aller vider sa poche, quand elle est obligée de passer devant les employés travaillant dans les allées, avec son tablier bleu, ses bottes blanches et cette odeur qui la suit comme son passé, qui ne veut pas se faire oublier, elle les voit, les regards moqueurs, elle les entend, les rires bêtes.

Mais elle a appris d'un homme que ce que pensent les autres, il faut s'en faire une armure, pour se construire.

Cet homme, qui fut « lui », ne rirait pas d'elle aujourd'hui.

Elle le sait.

C'est ce qu'elle se dit pour se convaincre que, si elle a perdu un homme, elle a malgré tout réussi à conserver un souvenir.

Cet homme, qui fut « lui », ne rirait pas d'elle.

Elle pense même qu'il pleurerait.

Non pas parce qu'on l'a humiliée en la dégradant ; non pas parce qu'elle est dépendante d'une poche en plastique ; non pas parce qu'elle sent le poisson ; non pas parce qu'elle fait un bruit de caoutchouc quand elle se déplace avec ses grandes bottes blanches ; non pas parce qu'elle ne porte plus ses tenues de femme, mais cet uniforme ridicule de marin du rivage… mais parce qu'il ne pourrait plus imaginer proposer de lui faire un enfant, à elle, à qui la maladie a enlevé tout ce qui fait d'une femme une mère.

Mon ventre restera désespérément plat.
Je n'aurai été qu'une poche vide.
Je vivrai plus légère.
Maintenant libérée du secret.

Épilogue

Elle a finalement négocié de ne plus travailler. Elle aura bientôt cinquante-cinq ans.

L'âge de sa cousine quand elle a quitté son mari. Elle a pris ça comme un signal.

Ses patrons furent corrects. Elle peut maintenant rester chez elle et s'ennuyer tranquillement. Comme elle savait le faire quand elle était jeune. La différence, c'est que maintenant, tous les mois, elle reçoit une pension décente pour s'ennuyer.

Elle a reçu une lettre de Patrice, le responsable de la décoration du magasin et, depuis trente ans, le délégué du personnel de l'hypermarché dans lequel elle ne travaille plus. Il lui propose son aide pour négocier au mieux une prime exceptionnelle liée aux conséquences de sa maladie. Elle lui a répondu qu'à la mort de ses parents elle avait hérité de leur maison. Un pavillon confortable, qu'elle louait aux vacanciers, ce qui lui permettait de compléter son revenu et de compenser largement la baisse consécutive à son arrêt de travail. Elle n'avait donc aucune raison d'embêter ses employeurs pour rien.

Elle a posté la lettre dans l'après-midi, cela leur a fait une sortie, à elle et à sa poche.

Un matin, on a cogné à sa porte.

Elle a ouvert et c'est « lui », enfin l'« autre », qui était face à elle.

N'ayant plus rien à risquer, elle lui a dit : « Quelle surprise ! »

Elle lui a proposé d'entrer, et ils sont allés s'asseoir sur le banc en bois de la terrasse.

L'homme lui a dit : « Je suis passé au magasin, on m'a un peu raconté… Alors, et toi ? Et ta santé ? » Elle lui a répondu : « Tu n'es quand même pas venu me voir, chez moi, pour me parler de ça ? » Et il lui a demandé un verre de whisky.

Elle était dans la cuisine, elle remplissait un grand verre d'eau, n'ayant jamais rien d'autre à proposer à boire, quand il lui a dit : « Je suis venu t'apporter la part qui te revient… » Elle lui a donné le verre, et elle lui a demandé : « Ma part ? Quelle part ? »

L'homme a sorti de sa poche une enveloppe qu'il lui a donnée : « Après ma démission, la centrale d'achats m'a contacté. Ils ne voulaient pas que je quitte l'enseigne. Alors, je suis parti à Paris pour travailler comme acheteur de produits textiles et chaussures. Je suis maintenant responsable du service, et je pars en Chine dans six jours pour organiser les achats des futurs catalogues. Aujourd'hui, tout se passe là-bas. Tu te rappelles, la Chine ? C'était mon projet de voyage, au moment de ma démission… C'est amusant le destin, non ? »

Elle a ouvert l'enveloppe.

À l'intérieur, il y avait un billet d'avion de la compagnie Air China.

Le billet était à son nom.

L'homme a dit : « C'est un peu grâce à toi, si je suis devenu ce que je suis. C'est toi qui m'as donné la liberté de travailler en dehors du cadre officiel. Ma réussite professionnelle, c'est un peu la tienne. Comme je sais que l'argent ne t'intéresse pas, je te propose de m'accompagner, loin d'ici, loin de ce magasin, loin de ceux qui n'ont pas compris qui tu étais. Ceux qui n'ont pas compris que, finalement, tu auras usé ta vie pour conserver un statut… Je te propose que nous allions voir ailleurs, si nos souvenirs ont plus de valeur que ce que nous sommes devenus. Je te propose de t'échapper, vraiment, de quitter tout ça, maintenant que tu es disponible. Je te propose de grimper sur la plus grande coursive du monde : la muraille de Chine ! »

Elle a déchiré le billet d'avion en souriant, et elle a dit à l'homme : « Mon état de santé m'empêche de prendre l'avion, tu arrives encore trop tard, mais ce n'est pas la seule raison. Qui es-tu pour considérer que j'ai gâché ma vie ? Qui es-tu pour ne pas considérer méritant mon parcours professionnel ? Qui es-tu pour penser que je n'ai jamais essayé de montrer le vrai visage de mon être ? Qui es-tu pour encore essayer de pénétrer en moi, moi qui ose à peine me questionner vraiment ? Qui es-tu pour croire que je n'ai pas été heureuse ? J'aimerais maintenant que tu t'en ailles, car cette visite n'était pas une bonne idée… »

L'homme s'est levé, et il est parti en lui disant : « Je pensais que tu avais changé, après ce que tu avais vécu. Je me suis trompé… Je suis, moi aussi, resté le même. Il n'y avait aucune raison d'y croire… Peut-être qu'aimer vraiment une personne, c'est aimer ce qu'elle est, sans chercher à dénicher autre chose, sans chercher à la changer… Peut-être que je ne t'ai finalement pas aimée, ou pas vraiment, pas sincèrement… Je n'ai peut-être été séduit que par le contexte, le moment, et toi tu étais dans ce moment… Oui, c'est toi qui as peut-être raison… Nous avons aimé de l'autre le mystère, et parfois les mystères ne cachent pas grand-chose… »

L'homme n'a rien ajouté, et elle a regretté qu'il n'ait pas eu le courage de lui avouer que ce n'était pas un enfant qu'il avait eu envie de lui offrir, à l'époque, mais une dernière chance.

Elle non plus n'a pas parlé.

Elle n'allait quand même pas lui dire que la seule chose importante que lui avait apprise Gilbert, la seule chose qui n'avait jamais quitté ses pensées, et qui justifiait sa sérénité actuelle, qui lui permettait d'attendre l'inconnu sans crainte, cet autre si souvent haï, c'est qu'au-dessus de la coursive…

… il n'y a rien.

Composition : IGS-CP
Impression : CPI Bussière en mai 2015
Éditions Albin Michel
22, rue Huyghens, 75014 Paris
www.albin-michel.fr
ISBN : 978-2-226-31811-4
N° d'édition : 21809/01 – N° d'impression : 2015890
Dépôt légal : août 2015
Imprimé en France